O CORONEL QUE QUERIA MATAR O PRESIDENTE

Editora Appris Ltda.
1.ª Edição - Copyright© 2023 do autor
Direitos de Edição Reservados à Editora Appris Ltda.

Nenhuma parte desta obra poderá ser utilizada indevidamente, sem estar de acordo com a Lei nº 9.610/98. Se incorreções forem encontradas, serão de exclusiva responsabilidade de seus organizadores. Foi realizado o Depósito Legal na Fundação Biblioteca Nacional, de acordo com as Leis nºs 10.994, de 14/12/2004, e 12.192, de 14/01/2010.

Catalogação na Fonte
Elaborado por: Josefina A. S. Guedes
Bibliotecária CRB 9/870

S586c Silva, Leonardo Bruno da
2023   O coronel que queria matar o presidente / Leonardo Bruno da Silva.
       1. ed. – Curitiba : Appris, 2023.
       162 p. ; 21 cm.

ISBN 978-65-250-4885-7

1. Ficção brasileira. 2. Histórias de aventura. 3. Racismo. 4. Vingança. 5. Homofobia. I. Título.

CDD – B869.3

Editora e Livraria Appris Ltda.
Av. Manoel Ribas, 2265 – Mercês
Curitiba/PR – CEP: 80810-002
Tel. (41) 3156 - 4731
www.editoraappris.com.br

Printed in Brazil
Impresso no Brasil

Leonardo Bruno da Silva

O CORONEL QUE QUERIA MATAR O PRESIDENTE

FICHA TÉCNICA

EDITORIAL	Augusto V. de A. Coelho
	Sara C. de Andrade Coelho
COMITÊ EDITORIAL	Marli Caetano
	Andréa Barbosa Gouveia - UFPR
	Edmeire C. Pereira - UFPR
	Iraneide da Silva - UFC
	Jacques de Lima Ferreira - UP
SUPERVISOR DA PRODUÇÃO	Renata Cristina Lopes Miccelli
PRODUÇÃO EDITORIAL	Bruna Holmen
REVISÃO	Isabela do Vale Poncio
DIAGRAMAÇÃO	Bruno Ferreira Nascimento
CAPA	Sheila Alves

*À Duda, ao João, ao Daniel e Lucas,
ao Thales, Henrique e Felipe. Ao nosso futuro.*

*Quem luta com monstros deve velar porque,
ao fazê-lo, não se transforme também em monstro.*

(Friedrich Nietzsche)

APRESENTAÇÃO

Alberto era um Coronel da reserva de almanaque, daqueles que à distância qualquer um dizia ser militar. Mas durante a epidemia do spikevirus sua esposa morreu e foi ele quem transmitira o vírus a ela depois de participar de uma manifestação política em prol do presidente, que atravessava uma onda de questionamentos pela forma como seu governo vinha lidando com a crise sanitária.

Alberto se sentiu culpado por tudo aquilo, ele conhecia o presidente, tinha convivido com ele no período de formação militar, e só desejava conversar com o governante para que mudasse sua postura diante daquele momento grave. Mas quando teve oportunidade de falar ao antigo companheiro ouviu uma resposta que o deixou fortemente indignado, transformando aquele que outrora considerava amigo em seu inimigo. E para os militares o inimigo tem que ser eliminado e, portanto, decidiu matar o presidente.

Em meio a esse projeto pessoal, o Coronel passa a conviver com Kayky, um atendente de padaria, morador da favela de Tavares Bastos, que tinha muitos sonhos e poucos recursos para alcançá-los. Alberto, que àquela altura vivia só, viu naquela amizade uma relação verdadeira, passa a ajudar o amigo nos seus objetivos.

No entanto, por mais que tivesse novas tarefas, Alberto não abandonara seu propósito, matar o presidente. O coronel, com a ajuda de Kayky, seu novo amigo, vai em busca de aliados para cumprir sua missão. Vai procurar antigos prisioneiros de esquerda que encarcerara durante a ditadura. Entendia que se havia alguém que poderia ajudá-lo naquela missão seriam aqueles militantes que quase deram a vida em nome do comunismo.

Para achar seus antigos inimigos, agora novos possíveis aliados, Alberto e Kayky passam percorrer os bairros do Rio de Janeiro e algumas cidades do estado e vão conhecendo pessoas e vivendo situações que tiram Alberto daquela redoma militarista que vivia antes.

Conhece os professores de uma criança assassinada dentro de uma escola, presencia o racismo policial, vislumbra a pobreza, é obrigado a conviver com pessoas com as quais ele nem trocaria um cumprimento educado. Mas nada disso o afasta do seu propósito maior, que é matar o presidente.

De forma surpreendente ele consegue montar sua equipe, mas os desafios não param por aí. Será que ele consegue seu objetivo? Será que encontrará a paz com a vingança?

Leonardo da Silva

SUMÁRIO

A MONTANHA RUSSA	13
ANA MARIA	29
EM BUSCA DE HELENA	41
NA TAVARES BASTOS	57
PAVUNA	79
BOCAINA DE MINAS	91
TATIANA	107
PLANO EM ANDAMENTO	125
CARREGANDO...	139
O DIA DA INDEPENDÊNCIA	151

A MONTANHA RUSSA

Somente o som peculiar das motocicletas quebravam o silêncio do bairro do Catete naquela manhã de domingo. Era maio de 2021, mas o friozinho característico desta época passava longe do Rio de Janeiro. E ali naquele apartamento, na rua do Catete, bem próximo ao antigo Palácio Presidencial, hoje Museu da República, um senhor se levantava para mais um domingo solitário.

Seu Alberto, ou Coronel Alberto Carlos de Menezes Aragão. Era um viúvo de pouco, militar de longa carreira, já contava seus 75 anos, mas mantinha um porte viril e atlético, com uma disposição física invejável, que nem mesmo os dias de spikevírus lhe tirou.

Ele acordava naquela manhã e iniciava o ritual que havia começado há pouco menos de um ano, quando perdeu sua esposa Ana Maria. Levantou-se da cama, calçou os chinelos e com seu ar austero, caminhou até o banheiro, fez sua higiene matinal minuciosa, como de hábito, afeitou a barba, também um hábito diário herdado dos anos de caserna e depois vestiu-se, tomou sua máscara PFF-2 e preparou-se para caminhar até a padaria, onde solitariamente, mas nunca sozinho tomava o seu pingado com pão na chapa.

Aquele hábito recente, mas cotidiano já havia gerado algumas consequências e uma delas era o atendente da padaria que insistia em trocar algumas palavras com ele além dos habituais: — "Bom dia!"

"Como vai o senhor?" Kayky, era um jovem lá da Tavares Bastos, uma favela que fica no mesmo bairro. Era esperto, tinha lá seus 20 e poucos anos, mas havia estudado e tinha até conseguido terminar o 2º ano do ensino médio, mas a necessidade de se sustentar e ajudar em casa fez com que desistisse de cursar o último ano daquele nível de escolaridade.

Kayky fez o aceno habitual, disse as palavras cotidianas e já partiu para a chapa com as duas bandas de um pão francês untadas de manteiga e prontas para atender o gosto do Coronel. Logo depois foi até a máquina de café e preparou o pingado no clássico copo de vidro canelado de 100 mililitros, uma tradição no Rio de Janeiro. Em seguida voltou-se ao balcão e prontamente falou:

— Coronel seu café tá no estalo, quente como o senhor gosta!

— Obrigado! Retrucou de forma um tanto áspera o ex-militar.

Kayky não se deu por vencido, sabendo que as vezes o cliente mudava de humor em meio ao café, tentou mais uma vez:

— E aí Coronel, e o homem...

Antes que terminasse a frase foi interrompido pelo seu pretenso interlocutor com um ríspido e assertivo "hoje não estou a fim de conversa". O atendente aceitou a derrota e foi retirar o pão da chapa para servi-lo. De pronto foi desfilar seu onipresente bom humor com outro cliente, aproveitando-se do fato de seu Flamengo ter derrotado o tricolor carioca na final do estadual no dia anterior.

O bairro do Catete é um microcosmos da Zona Sul do Rio de Janeiro, não conta com as famosas praias como é o caso de Copacabana, Leblon ou Ipanema e nem com os bistrôs comuns nos vizinhos bairros das Laranjeiras ou Botafogo, mas ali não se deixará de encontrar um bom lugar para almoçar, se divertir ou mesmo ampliar seus conhecimentos sobre História, música, arquitetura, literatura e outras artes ou ciências. É um bairro cosmopolita por abrigar muitos turistas de passagem, mas ao mesmo tempo tem um ar bem provinciano com as antigas construções do início do século XX, que formam um grande patrimônio do qual os moradores do bairro têm muito orgulho.

Outra característica provinciana do bairro são os jogos de cartas ou dominó nas mesinhas das praças, que hoje carecem muito de uma boa conservação. Seu Alberto também tinha adquirido o hábito de aos domingos ir até a praça Duque de Caxias. Ficava ali assistindo as partidas de dominó e as vezes até arriscava sentar-se à mesa e jogar uma partida valendo R$ 1,00. Se não entrava no jogo ia até banca de jornal comprava O Globo e se sentava por ali para ler algumas colunas de política e economia.

Mas naquele dia ele não fez isso. Saiu da padaria e foi em direção ao seu prédio. Encontrou alguns conhecidos no caminho, mas não se deteve, no máximo fazia um aceno com a cabeça ou com as mãos, acenos de leve e apressados indicando claramente que não estava disposto a parar e estabelecer qualquer diálogo. Depois do terceiro ou quarto conhecido a quem sentiu-se obrigado a acenar, ele curvou os ombros, baixou a cabeça, em uma expressão corporal raríssima de se ver naquele militar que sempre ostentou suas espaduas em posição de combate, e decidiu não mais interagir com quem quer estivesse em seu caminho.

Sua estratégia foi inócua, quando já chegava em frente ao seu prédio percebeu uma sombra lhe atingir e cortar o acesso a luz mais intensa do sol. Levantou o rosto e imediatamente viu um antigo subordinado bem na sua frente, em posição de sentido, vestido de verde e amarelo, com a mão tocando a testa e um indefectível alinhamento corpóreo para saudar-lhe.

— Bom dia, Coronel! Estamos prontos para agir ao seu comando.

— Bom dia, Araújo! Mas eu não comando nada mais e você também não está mais na caserna, já somos dinossauros.

— Uma vez militar, sempre militar e sempre pronto a salvar nosso país e é isso que vamos fazer hoje.

— Araújo, admiro sua empolgação, mas no dia de hoje estou mais disposto a salvar apenas o almoço e depois vou ficar em frente à TV ou ler um livro.

— Coronel, cuidado com o que lê! – Disse o antigo suboficial, soltando sonoras gargalhadas.

O Coronel, por sua vez, deu um sorriso amarelo, levantou levemente as sobrancelhas e tentou se desvencilhar do diálogo de forma educada, encaminhou em direção a porta do prédio, mas o suboficial fez a última tentativa:

— Coronel, se o senhor não tiver como ir, posso dar uma carona, peguei a moto do meu genro para o evento.

Sem entender muito a fala final, Alberto apenas apontou para a porta do prédio, como quem indicava que já estava em casa e não precisava de carona, e ao ouvir o estalo da porta aberta remotamente pelo porteiro, tratou de entrar sem nem mais qualquer aceno ao amigo.

Entrou, ascendeu os poucos degraus entre a porta e o corredor que leva ao elevador. Fez o percurso, cumprimentou o porteiro, também morador da Tavares Bastos, e se postou em frente ao ascensor, viu a luz pela pequena abertura da porta de madeira, que indicava que poderia entrar, abriu a primeira eclusa e logo a pantográfica de metal, com seu rangido clássico abriu automaticamente, entrou e se pôs a pensar logo após apertar o botão de número seis que o levaria onde achava que gostaria de estar. Durante a subida dos seis andares pensou em Ana Maria, pensou nela de novo e de novo e deixou rolar uma lágrima vista no espelho da parede oposta da caixa que o levava.

Antes de sair após nova abertura sonorizada da porta pantográfica, pensou também em Marco Aurélio, seu único filho, que não morava no Brasil há um bom tempo e que ele não via pessoalmente havia mais de três anos. Mesmo quando a mãe morreu ele não pode vir para o enterro, pois, os voos estavam bloqueados e o tramite para que conseguisse uma autorização demoraria mais do que o necessário para conseguir acompanhar as exéquias.

Entrou em seu apartamento, grande para os padrões atuais, olhou para janela e ainda parado no meio da sala se concentrou no azul vivo comum no céu de maio no Rio. Logo veio novamente a imagem de Ana, de Marco Aurélio, também dos netos que mal falam português. Veio uma sucessão de culpas, de tristezas, de palavras nunca ditas por que sua austeridade nunca permitiu, veio o arrependimento por ter sido tão rígido com seu filho e por tê-lo afastado por questões tão sem importância, vistas com a distância do tempo.

Aquele homem viril e inquebrantável estava ali no meio da sala, em pé, como exige a disciplina militar, mas sua imagem idealizada mentalmente era a de um corpo estendido em um chão qualquer, depois de um voo de arrependimento. O suspiro que o fez acordar do torpor, o fez também renegar o pensamento suicida que acabara de ter. Imediatamente percorreu o espaço que o levava da sala até o belo escritório que havia montado logo que foi para a reserva, com a intensão de usá-lo como base para possíveis projetos profissionais que nunca aconteceram. Sentou-se na confortável cadeira de couro que estava em frente ao seu laptop e o abriu. Ligou a máquina, inseriu a senha e logo que os ícones apareceram na tela clicou duas vezes sobre o desenho azul que o levava ao programa de comunicação.

— Oi Marco, tudo bem?

— Oi papai, aconteceu alguma coisa?

— Não meu filho, é que eu estava aqui pensando o que fazer com as coisas da sua mãe.

A frase soou sem sentido tanto para o Alberto quanto para o filho, mas foi a saída que o Coronel teve para justificar aquela ligação sem prévio aviso por uma mensagem no celular. A ausência de intimidade era tão sólida e tão visível que a desculpa inventada não traria qualquer desdobramento além de um "faz o que o senhor quiser!" Ao perceber que não conseguiria avançar a conversa até o ponto que queria, Alberto se desarmou de sua altives e disse:

— Meu filho, me desculpe!

— O que papai? Por quê?

— Por tudo, meu filho. Eu fui muito insensível com você, fui muito duro e isso te afastou de mim.

— Papai, está acontecendo alguma coisa? O senhor está doente?

— Não meu filho, só quero que você saiba que eu te amo e que, infelizmente, eu não sabia agir de outra forma.

— Papai, não vai fazer nenhuma besteira. Quer que eu chame alguém para ficar aí com o senhor?

— Marco, não se preocupe comigo, eu estou bem, estou saudável, estou me cuidando, já tomei a vacina e não vou fazer nenhuma besteira. Eu só queria que você soubesse que eu te amo.

— Papai, eu também te amo! Tudo que o senhor fez, certo ou errado, me transformou no que eu sou hoje, então fique tranquilo. Assim, que for possível viajar de forma segura, eu, a Deise e os meninos vamos até aí passar uns dias com o senhor. Talvez o Lucian tenha dificuldade de ir, porque começou um estágio na Michelin, mas vamos tentar ir todos.

— Meu filho, que bom ouvir isso. Deu um sossego para meu coração.

— Papai, vou ter que desligar, porque temos uma reserva para o almoço.

— Ok, Marco, mande um beijo para a Deise e também para o Lucian e o Léo.

A conversa foi revitalizadora. O coronel estava agora pronto para continuar o seu dia, mesmo que a imagem de Ana Maria não lhe saísse da memória e que sua culpa estivesse ali escondida em alguma parte do inconsciente, pronta para saltar ao seu encontro a qualquer momento, podendo ter como gatilho um aroma de alfazema, um gosto de paeja ou um simples toque no veludo desgastado do sofá da sala.

Com o ânimo renovado, Alberto olhou para o relógio, que marcava nove e trinta e oito, levantou-se, foi até a sala e chegou a inclinar para pegar o controle remoto da TV, mas no trajeto até o aparelho seus olhos encontraram aquela mesma janela que o atraia há alguns minutos, percebeu novamente o azul do céu, agora mais alegre, e sentiu vontade de banhar-se daquela luz, mas ainda assim não queria encontrar seus parceiros de dominó ou seus antigos companheiros de caserna, decidiu que não iria a praça, pensou em caminhar em direção ao Aterro.

Pegou sua PFF-2, tomou novamente o ascensor e sua porta pantográfica, desceu no corredor, trocou algumas palavras com seu Antônio, o porteiro, que ao fim da conversa elogiou o espírito animado do velho, rumou então ao destino que havia planejado.

Do Catete ao Aterro, dependendo do ponto almejado, é uma boa caminhada. Alberto flanava vagarosamente pelas calçadas, observando cada por menor. Indicava um buraco perigoso aos mais velhos ali, tocava nos fradinhos aqui, percebeu que haviam podado uma das muitas amendoeiras que compõem o paisagismo da região. Mais a frente avistou um jogo de futebol e, embora a maioria das pessoas com quem cruzava na rua estivesse utilizando aquele acessório obrigatório nesses dias epidêmicos, percebeu que os jovens da pelada não ostentavam aquilo que há alguns meses ele chamava de focinheira. Imediatamente e mentalmente repudiou aquela situação. Ele sabia a dor que aquela doença poderia causar e conhecia a culpa que alguém pode ter de levá-la para casa.

De todo modo, garantindo uma distância sanitária segura do gradil que circundava o campo, resolveu observar o jogo. Um dos jogadores do time de camisas, vestia a alvinegra do glorioso e por este elemento afetivo passou a torcer por aquele time e especialmente por aquele jogador. Poderia ser a redenção de um ano que via a Estrela Solitária jogar de novo a segunda divisão do campeonato Brasileiro, com uma administração claudicante com um endividamento gigantesco.

O botafoguense era bom de bola, era o craque do time e isso animou ainda mais o Alberto. Durante toda a partida ele ficou ali absorto pelas ríspidas jogadas e os eventuais lampejos de bom futebol, todos protagonizados pelo seu jogador preferido naquele campo. O jogo se desenvolvia, Alberto viu gols acontecerem, mas chegando perto do fim da partida ele ignorava o placar. Queria realmente saber se sua torcida havia surtido efeito, mas ao mesmo tempo não queria se arriscar de chegar ao alambrado para perguntar aos sem máscaras. De repente a bola sai em lateral no ponto mais próximo de Alberto e justamente o botafoguense vem ali repô-la, neste instante usou poder de sua voz de comando e perguntou ao rapaz:

— Quanto está o jogo?

Já abaixando para pegar a bola, o alvinegro respondeu:

— Quatro a dois!

— Nós ou eles? Perguntou de volta.

Estranhando a pergunta e com um largo sorriso no rosto, a estrela solitária daquele joguinho mais ou menos, respondeu: -Nós, é claro!

O sorriso não chegou a deformar o bico de pato da PFF-2, mas Alberto retomou a caminhada sabendo que a "nossa" vitória estava garantida faltando poucos minutos e com um placar com dois de diferença. Andando ainda acompanhou alguns movimentos da partida e depois pegou o celular no bolso para ver que horas eram. O mostrador não podia ser mais claro, eram onze e trinta e sete, era hora de buscar uma alternativa de almoço. Uma que permitisse ficar no ambiente externo, que os garçons estivessem de máscaras e que servisse algo rápido para garantir o menor tempo possível em um ambiente com mais pessoas.

Em meio às reflexões que buscavam uma solução para os problemas ora apresentados, Alberto começou a notar algo estranho. Percebeu algumas pessoas circulando de verde e amarelo, como estava seu amigo naquela manhã. Tinha certeza de que não era Copa do Mundo e que não haveria jogo da seleção naquele dia, então só podia significar uma coisa, que ele conhecia bem. Devia estar ocorrendo alguma manifestação por aquelas imediações. Alberto começou a ficar inquieto, procurou algum taxi por perto, não viu nenhum. Olhou para o caminho de volta e percebeu que o número de pessoas aumentava, embora não fosse nem um terço dos eventos que participou. A angústia voltou a abater-lhe, lembrou novamente de Ana Maria e novamente a culpa sobreveio. Procurou o abrigo do distanciamento, mas nos parques do Aterro muitas pessoas estavam sem a máscara. Olhou para trás e viu uma família que brincava com uma criança em um dos cercados por ali, todos estavam de máscara, inclusive a criança, que não parecia se importar com o acessório.

Num pulo Alberto pediu licença e perguntou se poderia ficar ali guardando a devida distância. O jovem pai assentiu com a cabeça e com um sorriso visto nos olhos que se apertaram um pouco, a jovem mãe sinalizando com a cabeça não se opôs e a própria menina parou por um segundo de subir no brinquedo para fazer um aceno simpático com a mão. O Coronel, após os diálogos gestuais, se postou como uma sentinela a observar as pessoas ali e a indicar, com gestos, àqueles que se aproximavam sem a proteção facial que ali não eram bem-vindos.

Olhou novamente para a família que ali estava e recebeu deles sinais de aprovação a sua atitude. Estufou ainda mais o peito e assumiu uma atitude ainda mais ostensiva na proteção do território, que deveria estar sempre livre do perigoso intruso dizimador de lares. Traçou o planejamento de proteção, percebeu os pontos vulneráveis da sua defesa e preparou um plano de fuga para o caso de necessidade. O treinamento nas Agulhas Negras e depois na Escola do Estado Maior finalmente diziam ao que vieram. Naquele momento, toda a memória dos planos de ação e dos treinamentos táticos, nunca executados por ausência de guerras, faziam sentido.

O "inimigo" se aproximava furtivamente e por todos os flancos. Muitos desmascarados olhavam com reprovação aquela ação de defesa e desejavam no fundo de suas almas romperem aquele cerco sanitário. A família protegida sentiu-se segura naquele espaço, mas percebeu que era necessário garantir reforço ao comandante. Percebendo o flanco vulnerável e recebendo o comando imaginário do Coronel, o jovem pai foi para o lado direito e a jovem mãe para o lado esquerdo e também passaram a pedir que as pessoas respeitassem seus espaços.

Território garantido, agora era só esperar o tumulto, a balbúrdia passar e retomar a rotina dominical planejada naquele instante do encontro entre o azul do céu e seus olhos. No entanto, ao contrário do que imaginava, o evento não parecia se diluir, também já não aumentava àquela altura, mas não diminuía, foi quando aquele barulho que interrompeu o silêncio do Catete naquela manhã voltou a incomodar.

O som dos escapamentos das motocicletas parecia as vuvuzelas irritantes da Copa do Mundo de 2006. Eram muitas e muito barulhentas as motocicletas que passavam pela rua, que eram acompanhadas por gritos que ele conhecia bem. Os gritos eram audíveis a cada moto que passava carregando algum cartaz.

E de repente lhe caiu a ficha: "Era para isso que o sub me ofereceu aquela carona." Pensou repentinamente o Coronel. "Espero que ele esteja de máscara dessa vez, ele já é velho e a esposa dele tem a mesma idade da minha Ana", continuou a pensar. A angústia pelo momento e agora pelo risco que corria o amigo o tomou, mesmo mantendo a pose sentinela sentia que sua força de reação diminuía. Teve vontade de ligar para o amigo e pedir que ele usasse máscara, mas refletiu e concluiu que isso não adiantaria, como não adiantou com ele, quando, quase um ano antes, Marco Aurélio ligou para ele de Paris pedindo que não fosse àquela manifestação e que se fosse que usasse máscara. Ele sabia que não adiantaria, porque ele também não ouviu às súplicas de Ana Maria para que não aglomerasse. Só restava torcer para que o amigo já tivesse vacinado e que tivesse bom senso.

Quando acabou de ter esse pensamento viu, em meio as pessoas que estavam na calçada, uma moto parar e reconheceu seu amigo pela roupa que havia visto de manhã. Mesmo que muitos estivessem de verde e amarelo ele reconheceu o suboficial Araújo, mas não conseguia ver plenamente seu rosto para certificar que estava ao menos de máscara. Teve vontade de caminhar até ele, mas se abandonasse seu posto poderia ver seu território corrompido. Procurou então um ponto de observação melhor, mas foi somente quando Araújo retomou o assento da motocicleta que ele pode ver que o amigo não estava com o objeto de proteção que estava no seu rosto quando se encontraram aquela manhã.

Na montanha russa emocional que tinha sido seu dia, aquele momento foi o de descida mais íngreme. Preocupou-se com o amigo, preocupou-se com a esposa do amigo, lembrou-se mais uma vez de Ana Maria e mais uma vez reviveu a culpa que trazia consigo desde sua morte. Lembrou-se e rechaçou as palavras do suboficial naquela manhã. Ele sabia que aquele ato inconsequente em meio a epidemia não iria salvar o Brasil, ao contrário poderia era trazer para o seu amigo a tristeza que sentia desde o início de julho do ano anterior. Ele sabia que esteve errado e via seu amigo cometer o mesmo erro. E ele sabia que não adiantaria falar algo, pois, seria rechaçado e talvez fosse chamado de comunista, como havia feito com seu filho no ano anterior, ou seria chamado de melancia, como ele mesmo chamou o General Santos Cruz quando ele saiu do governo.

Não havia saída, só restava rezar para que seu amigo não passasse pelo mesmo drama que ele havia passado no ano anterior. E foi nesse momento de reflexão que Alberto olhou para o céu azul, que o tinha feito sair de casa, e fez algo que não fazia a muito tempo, se conectou com a sua fé e pediu a Deus que protegesse seu amigo Araújo, para que ele não sofresse dos mesmos males que o próprio Alberto sofria.

Ao fim da breve oração, o Coronel retomou seu foco de observação e mirou novamente na rua, onde há pouco tinha visto seu amigo. Viu que as motos passavam lentamente e os gritos conhecidos vinham se intensificando no sentido Botafogo-Centro. Continuou com o olhar fixo e com os ouvidos apurados e quando percebeu um frenesi, com os gritos mais intensos bem ali onde estava, viu passar o próprio Presidente da República em uma moto.

Ele já havia visto o presidente em outras circunstâncias, já tinha tirado fotos com ele, chegou a viajar para Brasília quando houve a posse. Aliás, conhecia o presidente desde a AMAN, pois, quando o presidente era cadete, ele próprio servia como oficial na Academia. Mas naquele momento não pode acreditar que o presidente estaria ali. De forma súbita olhou para seus companheiros de guarda do cercado sanitário para procurar uma explicação, foi quando a jovem mãe gritou "Fora Vagabundo", o que atraiu muitos olhares e alguns insultos para o espaço que defendia. De imediato, o casal e a criança abandonaram seus postos e traçaram o caminho que o próprio Coronel havia imaginado em seu plano de fuga, chegando à conclusão que não é preciso ser militar para saber por onde escapar de uma emboscada

Isolado em sua posição e sob suspeita de ser cumplice de "comunistas", o Coronel se viu, como se dizia, "em maus lençóis". Mesmo assim seu pensamento não deixava escapar que estava ali em sua frente o presidente, que fora seu colega, a quem ele apoiou e a quem, àquela altura, ele "culpava" pela morte prematura de sua esposa. O militar reformado, então, pulou aquele murinho de pedras, que até aquele momento tinha sido sua fortaleza, e foi percorrendo, em boa velocidade, o caminho em direção ao centro, na verdade perseguia aquela moto em que estava o presidente.

A cada dez passos, mais ou menos, ficava na ponta dos pés procurando visualizar aquela moto e seu piloto. Não conseguia ver e também nem sabia por que fazia aquilo, mas continuava a fazer. Percorreu um bom percurso e não restabelecia o contato visual com o alvo. Continuou a andar e passou a perseguir também os gritos mais histéricos de mito, até que finalmente percebeu a moto do presidente cercada por apoiadores, acelerou o passo ou correu na velocidade que é capaz um homem de 75 anos gozando de ótima saúde. Chegou bem próximo do alvo, mas não soube o que fazer.

A motociata, como foi chamado o evento, algo que Alberto só descobriu ali, virou um pequeno tumulto e o presidente não saia do lugar, mas o Coronel não tinha mais o que fazer e resolveu desistir do seu objetivo de falar com o presidente para pedir que assumisse outra postura diante da epidemia. Ao invés disso, aproveitou que já estava no caminho de casa e resolveu tomar seu rumo.

Chegando próximo do seu prédio o seu corpo o lembrou que ele ainda não havia almoçado, ficou ali alguns segundos pensando em uma alternativa e lembrou que no Museu da República havia um bistrô que poderia estar aberto e que contava com mesas no pátio do palácio, o que garantia o ambiente externo que procurava. Caminhou até o belo palácio vintista e foi até o bistrô, sentou-se em uma mesa externa, manteve a PFF-2 no rosto até que o garçom o atendesse. O rapaz foi até ele e anotou o pedido que não demorou muito a chegar à mesa.

Seu Alberto já pagava a conta, quando percebeu que um portão lateral do pátio do museu, que ele nunca viu aberto, se abriu. Logo entraram três carros pretos e de um deles saiu o presidente, ele se levantou com o cartão e o comprovante de pagamento ainda na mão, e caminhou lentamente até o presidente, antes que pudesse chegar até ele, os agentes da Segurança Institucional o rechaçaram, ele insistiu chamando diretamente presidente e se identificou:

— Presidente, sou eu, Coronel Menezes Aragão!

— Opa Coronel! Respondeu o presidente com o protocolar sinal de sentido.

— Presidente posso lhe falar rapidamente? Sei que deve ter uma agenda apertada, mas não leva mais de um minuto.

O presidente assentiu com um sinal ao agente e o Coronel pode se aproximar. Ele teve receio, já que o presidente estava sem máscara, mas criou coragem e foi. Bem próximo ao presidente, a ponto das demais pessoas não serem capazes de ouvi-lo balbuciou:

— Presidente, o senhor sabe que sou um apoiador de primeira hora, liderei o pessoal aqui na campanha, aprendi a mexer no computador para repassar as mensagens...

— Sei, sei!

— Então, presidente, quero pedir que o senhor reconsidere a forma de combate a epidemia. Incentiva aí o povo a usar máscara e tomar vacina, senão muita gente vai morrer.

— Coronel, nós estamos no caminho certo, o negócio aqui é derrotar os comunistas, o spikevírus a gente derrota depois.

— Presidente, eu perdi minha esposa, depois que fui contaminado em uma manifestação, contaminei ela e ela não resistiu, mesmo tomando cloroquina.

Com risos altos o presidente repetiu duas vezes "Cloroquina? Cloroquina? E depois complementou:

— Coronel isso não funciona!

— Mas, presidente, o senhor disse...

— Coronel, eu não sou médico, só falei para as pessoas não ficarem em casa sem trabalhar, senão a economia ia pro buraco!

— Mas...minha esposa...

— Coronel, aproveita que ficou viúvo e arruma umas mocinhas por aí e vê se para de chorar. – Tchau, Coronel!

O diálogo levou seu Alberto ainda mais fundo na montanha russa emocional daquele vinte e três de maio. Foi um golpe duro ouvir aquelas palavras, mas duro ainda porque ele ainda carregava a culpa por ter levado o vírus para dentro de casa.

Arrastando-se, Alberto chegou em casa, passou pelo Antônio e nem o viu. O ascensor, a pantográfica, o seis, a porta, a janela e o azul, tudo como naquela manhã. Ali no meio da sala novamente Alberto viu o voo do arrependimento e o corpo sobre um chão qualquer, mas quando se aproximou do corpo, o rosto não era o seu, era o do presidente.

De imediato ele recobrou o ânimo e se lembrou das palavras do suboficial Araújo: "Uma vez militar sempre militar e sempre pronto a salvar nosso país e isso que vamos fazer hoje." Logo pensou: "É verdade Araújo, é hora de salvar o Brasil, eu vou matar o presidente."

ANA MARIA

A epifania daquela tarde de domingo era resultado de muitos atos e fatos e era também resultado de uma culpa dolorida, que quase um ano depois não se esgotava. E essa culpa estampava-se na memória de segundo em segundo em letras garrafais: ANA MARIA. Alberto julgava-se responsável pela morte de sua esposa e companheira amada, não aceitava que ela tivesse partido e ele ficado. Mas agora ele dividia a culpa e a ideia, que intencionava levar a frente, era a redenção de sua alma e expiação de toda culpa que carregava. Pensava: "Não pude salvá-la, mas salvarei outros!"

O Coronel, na verdade, não sabia muito bem do que salvaria os "outros", até porque até poucas horas atrás ainda depositava grande esperança naquele líder que outrora havia sido seu liderado. Por certo, de alguma forma que só a psicanálise poderia explicar, talvez quisesse salvar os "outros" de si mesmo, para que os seus atos não pudessem causar mais dores, só que a dor estava nele. Um raciocínio confuso deste humilde narrador. O certo é: que o Coronel parecia disposto a assumir o risco de planejar e executar o assassinato do Presidente.

E o motivo?

Ana Maria, por óbvio!

Por todas as incompreendidas assertivas, que balbuciava para si mesmo na busca por uma justificativa para aquele novo propósito de vida que acabara de criar, o motivo para colocar-se em verdadeiro risco era vingar Ana Maria.

Mas e se ela estivesse ali ao seu lado para aconselhá-lo? E se seu espírito descesse da mansão dos mortos, o que sopraria no ouvido teimoso de Alberto?

Certamente, diria para que ele deixasse de bobagens, pois, o que está feito, está feito e pronto. Mas também saberia de que nada adiantaria aquelas palavras, já que depois de tantos anos de convivência sabia que o Betinho só iria mudar de ideia depois que percebesse que havia cometido um enorme erro por causa do seu caráter impulsivo. Sairia tranquila, com a consciência em paz, sabendo que tinha feito o que era possível.

Assim era Ana Maria! Uma mulher de muita fibra e personalidade, que não se dobrava às vontades obtusas do marido e, tampouco, entrava em conflito com ele por motivos que considerava de pouca importância.

Ela e o Coronel se conheceram na juventude. Alberto formara-se, fazia pouco, na Academia Militar e Ana Maria estava cursando Geografia na Federal do Rio. O próprio encontro entre estes dois mundos representava algo de estranhamento. Um oficial do exército e uma estudante de geografia vivendo um relacionamento romântico em plena ditadura gerava estranhamento para todos os lados.

Os colegas de Ana Maria a evitavam quando Alberto estava presente e na caserna o então tenente chegou a ser objeto de investigação da Inteligência do Exército para ver se ele não tinha vínculos com os comunistas. Mas apesar dessas diferenças os dois continuaram firmes no relacionamento.

O temperamento pacífico e contencioso de Ana Maria certamente teve grande importância para manutenção da vida conjugal, mas justiça seja feita, o Coronel sempre foi muito amável e respeitava a individualidade de Ana Maria, os dois discordavam em muitas coisas, mas havia sempre um respeito silencioso pela diversidade de opiniões naquela casa, pelo menos entre eles, pois, com relação a Marco Aurélio, Alberto não admitia qualquer ideia que o tirasse do roteiro que ele havia definido. Alberto o chamava de "meu General", indicando o caminho que gostaria de vê-lo trilhar.

Mas Ana Maria era toda amor e compreensão, era o contraponto na dureza militar de Alberto. Ana Maria era, a seu modo, libertária, via a vida de forma muito simples e acreditava que todos deviam ter preservados seus diretos de escolha. Não comungava da intempestividade e dureza maniqueísta de Alberto, por vezes repetia a Alberto que entre o preto e o branco havia muitos tons de cinza e outras milhares de cores. Era aquela que recebia os amigos de Alberto e os de Marco Aurélio com o mesmo semblante de tranquilidade e com a mesma disposição para ouvi-los, mesmo sabendo que falariam sobre coisas completamente antagônicas. Mas, ao contrário do que possa parecer, era uma mulher de opiniões, de convicções e vez por outra, em frases curtas e dotadas de uma doçura desconcertante, calava os comensais e os fazia refletir, fossem os duros militares amigos de Alberto, ou os jovens amigos de Marco Aurélio.

Quando jovem, na época em que conheceu Alberto, Ana Maria refletia uma beleza comum. Tinha os cabelos cortados à moda, mantinha sempre os fios compridos ao menos até os ombros, não era das mais vaidosas, mas guardava um grande apreço àquelas madeixas, que julgava ser uma bela moldura para seu rosto de linhas angulares, com a pele naturalmente sedosa e olhos como desenho de amêndoas finalizado por uma íris de um castanho-mel que parecia brilhar. Era bela. Guardava uma altura mediana para as mulheres da época, algo como um metro e sessenta e uns quebradinhos, era esguia e já naquele momento demonstrava que sua aparente fragilidade corpórea não refletia sua força de personalidade.

Era filha de professores, seu pai matemático e sua mãe de língua portuguesa e inglês, embora, não fizesse qualquer questão de assumir a segunda língua, que mal balbuciava. De qualquer forma, foi dessa genética, ou dessa matriz cultural, que Ana Maria ganhou o gosto pela sala de aula e era ali, no contato com os estudantes, que ela se realizava como ser humano. Ana Maria acreditava firmemente que era através da educação que as coisas se transformariam para melhor, acreditava que a sala de aula era o espaço para a diferença, o contraditório e o respeito a essa diversidade intelectual. Essa convicção era uma das fontes dos poucos distúrbios matrimoniais.

Certa vez Ana, empolgada com uma realização, pôs-se a contar a Alberto o seu dia cheio de vitórias na sua compreensão. Relatava que um aluno, que no início do ano letivo apresentava inúmeras dificuldades de leitura e compreensão básica de matemática, que provavelmente apresentava graus expressivos de dislexia e dislogia, apresentara um lindo trabalho de desenho do mapa do Brasil, com representação das bacias hidrográficas. Ana empolgava-se porque aquele menino, que tinha sido ao longo da sua vida estudantil, relegado ao lugar de mau aluno, rejeitado por todos os professores e incorporado efetivamente este lugar marginal em sala de aula, apresentava um talento até então desconhecido e foi exatamente em sua aula, talvez pelo afeto que demonstrou a ele, que o Alexandre trouxe aquele primor de trabalho.

Ao fim da história, Alberto, com sua habitual rejeição aos que apresentam qualquer dificuldade de aprendizagem, disse: —

Tá Ana, e aí? Esse garoto vai conseguir passar em um concurso do IBGE? Vai por acaso virar cartógrafo? O garoto não sabe ler e nem fazer conta básica. Você acha que o Brasil precisa de desenhista de mapa? O Brasil precisa de técnico em eletrônica, em informática... Esse garoto vai desenhar mapa para o tráfico lá naquela favela que tu dá aula, isso sim.

Ana Maria manteve a fleuma e disse o seguinte: — Alberto, você é uma pessoa rancorosa e que não tem a menor ideia do que o Brasil precisa. Você criou ou apenas aceitou uma verdade criada por este positivismo militarista, que acha que os mais capazes devem governar, mesmo que para vocês os mais capazes sejam vocês mesmo. Só quero te dizer, Alberto, que o Alexandre pode até entrar para o tráfico, porque talvez realmente ele não tenha oportunidades fora, mas será o melhor cartógrafo do tráfico no Rio de Janeiro e aí, Alberto Carlos de Menezes Aragão, quando vocês quiserem entrar na favela para matar os pobres, os mapas do Alexandre serão úteis à fuga ou às estratégias e vocês vão poder entender a importância da combinação entre boa educação e falta de oportunidades.

A raiva contida nesta última fala de Ana Maria, associada a calma com que afirmava cada palavra provocou em Alberto a reação esperada, calou-se e retirou-se do ambiente com um certo sentimento de culpa pelas palavras proferidas, diante da empolgação que Ana apresentara. No entanto, mesmo preferindo não ter dito o que disse, Alberto tinha plena convicção das suas ideias. Na cabeça dele, naquele momento só passava a ideia de que seria fundamental eliminar rápido aquela "sementinha do mau" que estava sendo treinada por sua própria esposa.

Ana, por sua vez, apesar da raiva momentânea, via em Alberto um homem de contradições e sabia que as palavras proferidas não passavam de bravatas. Ela via a emoção de Alberto todas as vezes que vinha com a notícia da morte de um dos seus alunos, envolvido na criminalidade; via suas atitudes solidárias em projetos que realizava para propor novas perspectivas aos alunos, como certa vez que arrumou um ônibus do quartel para levar as alunas e os alunos à escola de formação de sargentos; ela sabia que aquelas palavras refletiam algo mais profundo, que estava atrelada à sua formação e não ao seu caráter e personalidade.

Isso nos remete a outra versão de Ana Maria. Mesmo casada com um militar e sendo muito religiosa, frequentando semanalmente a igreja e participando de diversas pastorais, era uma mulher progressista, podemos até dizer que era uma mulher de esquerda. Nunca fez parte de qualquer partido político, ou movimento social organizado, não ia a muitas manifestações, só àquelas que diziam respeito às questões salariais e de plano de carreira dos professores, e mesmo nessas guardava um afastamento seguro. Mas ela compreendia que o modelo econômico capitalista estava na origem de toda a desigualdade e que era preciso romper com o modelo de desenvolvimento destrutivo que o sistema gerava.

Não acreditava em "ismos", como ela dizia! Ou seja, não se identificava plenamente com a ideia do socialismo, ou comunismo ou anarquismo, via em algumas das interpretações e propostas destas filosofias algo que poderia ser implementado para reduzir o impacto nocivo do capitalismo. Era muito prática e sabia que idealismos ou teleologias, se aplicáveis, só seriam alcançadas em um tempo que nenhuma das pessoas que vivem no presente estaria aqui para ver resultado. Mas defendia a diversidade, tinha um forte discurso contra os preconceitos e, principalmente, não aceitava o papel que sociedade impunha às mulheres. Na sua casa, mesmo casada com um militar e tendo um filho homem, as atividades eram divididas e ai de quem não cumprisse o combinado. Ela até dava o direito que escolhessem a atividade que queriam executar, mas se chegasse em casa e a louça estivesse por lavar, ou o chão estivesse sujo era certo que naquele dia não haveria jantar.

Alberto acostumara-se com isso e até gostava dessa forma de divisão de tarefas, mesmo que as vezes levantasse um pouco voz para marcar a posição de macho da casa, mas no fim sabia qual seria o resultado de qualquer atitude disruptiva daquele *modus operandi* e isso ele não podia enfrentar, pois, ele era capaz de fazer de tudo na casa: lavava a louça, lavava as roupas, passava, lavava os banheiros, limpava os quartos e sala, fazia compras, mas na cozinha era um desastre completo, mal conseguia fazer um ovo mexido que fosse palatável, então, mesmo que reclamasse com alguma irritação que estava com mais tarefas que Ana Maria ou que Marco, enquanto este ainda vivia lá, executava suas funções para não correr o risco de ter que pedir alguma comida fora ou mesmo ter que se contentar com os restos que encalhavam na geladeira.

Qualquer espectador do cotidiano deste casal, se eles vivessem em *reality show*, iria se surpreender ao ver um coronel do exército, capaz de ordenar que soldados limpem os banheiros e vestiários do quartel, executando tarefa semelhante em casa e dividindo as demais tarefas até com certo prazer. Ele a amava, definitivamente, a amava e preferia estar ele cansado da rotina a vê-la enfastiada, irritada ou mesmo desanimada pelo excesso de jornada. Até porque sabia o quão puxado era a atividade docente. Mesmo sem nunca ter exercido qualquer atividade cotidiana junto ao quadro, que já foi negro, depois verde e ultimamente branco, Alberto já havia acompanhado Ana Maria algumas vezes a escola e o barulho da agitação das crianças e adolescentes no pátio já o deixava exausto, por isso compreendia o quão importante era esta divisão de tarefas.

Tudo isso pode nos parecer muito contraditório. Como aquele homem duro, capaz de defenestrar todos os que não comungavam das suas ideias, que reforçavam um conservadorismo atávico e o patriarcalismo, era capaz de tal sensibilidade e aceitava dividir as tarefas tão prontamente? Como que duas pessoas com linhas de pensamento, ideias sobre a vida e mundo tão diferentes puderam conviver com tanta harmonia durante tanto tempo? Será que Ana Maria, apesar da forma que controlava o cotidiano da casa, se submetia a esta convivência inconveniente pelo simples fato de temer ficar só? Ou pior, por que não queria ser vista como uma divorciada?

Nada disso, Ana Maria também amava muito o Coronel e sabia que suas contradições eram fruto de sua história, mas ela amava aquela força de olhar, o corpo esbelto e bem cuidado mesmo na velhice, amava o mau humor cômico daquele homem, e também sua sensibilidade invisível aos olhos de quem não o conhecia. Ana Maria amava até os defeitos do Coronel, sem os quais ele não seria, para ela, completo. Como ela dizia para o Marquinhos toda vez que ele reclamava da dureza do pai: — Meu filho, perfeito só Deus! Seu pai é um bom homem, mas tem dificuldade de demonstrar que ama. Olhe ele na alma e achará a leveza que você procura.

Ana era realmente assim, procurava ver a leveza em todos. Irradiava otimismo e perseverança, mas agia dentro de um realismo peculiar. Sabia o quão difícil era transformar pessoas, pois, havia feito isso ao longo de toda sua vida profissional, até aposentar 8 anos antes do Spikevirus a levar. Mas ao mesmo tempo sabia que era possível amar as pessoas com suas próprias especificidades e até com defeitos muito mais graves do que aqueles que enxergava em Alberto. Exercitava sua imprescindível paciência e tinha respostas pontuais para algumas provocações. Como aquela em que um aluno agressivo e debochado a chamou de velha e ela prontamente respondeu: –Olha querido, se você não passar pela vergonha de morrer cedo, um dia chegará a minha idade!

Mesmo nesses casos não guardava qualquer rancor, no minuto seguinte estava pronta a atender o mesmo aluno com suas dúvidas ou mesmo com seus problemas reais de abandono, maus tratos, ausência da figura paterna e fome, algo comum entre os estudantes assistidos naquela unidade escolar. Ela estava lá, sempre pronta a implorar pela vida de um aluno ameaçado pela criminalidade local, ir tomar satisfação de um pai agressor ou de uma mãe alcóolatra ou mesmo ir além do seu horário para atender estudantes com dificuldades na leitura.

Essa era a Ana Maria de quem o Coronel sentia imensa falta, a quem o coronel devotava o seu mais novo projeto de livrar o Brasil de um grande mal ou mau, cabendo aí talvez as duas formas gráficas.

As memórias de tantas passagens da vida de Ana Maria e a convicção de que o amor que sempre devotou a esposa não teria sido o suficiente para tornar-lhe um bom marido, deixou Alberto aturdido, mas ainda assim conseguiu dormir.

Quando acordou naquele dia 24, absorto por sua fúria decorrente da traição, o Coronel iniciou todo o seu processo matinal (levantar, chinelos, banheiro, higiene, barba, vestiu-se, caminhou), mas apesar de seguir todos os passos cotidianos uma coisa não saia dos pensamentos de Alberto: "como vou matar o presidente?"

Alberto ia a passos lentos para a padaria, sem nem mesmo ostentar seu ar austero, estava mesmo muito reflexivo, a ponto de nem notar um ou dois acenos de conhecidos que por ele passaram. O Coronel tinha os olhos fixos em um alvo imaginário, não aparentava tristeza ou melancolia, não parecia estar doente, mas não estava ali, embora fisicamente ali estivesse.

Quando chegou na padaria, meio que se perguntou como havia chegado ali, não lembrava de ter caminhado tanto, parecia que simplesmente fora teletransportado de seu apartamento à padaria. De súbito concentrou-se na realidade e até cumprimentou alguns dos habitues da padaria. Sentou-se no banco do balcão e Kayky veio lhe atender

— Bom dia Coronel, como o senhor está? -Parece assustado!

— Bom dia Kayky! Até que horas você dá expediente na padaria, Kayky?

— Oi Coronel? Não entendi!

— Deixa pra lá! Me dá o de sempre, aí!

Kayky se afastou por alguns instantes, untou as duas bandas do pão com manteiga, colocou-as na chapa e enquanto a máquina fazia o seu trabalho foi atender mais um cliente. Tomou o pedido e repassou a outro atendente para que pudesse se dedicar ao Coronel, pois o estava achando muito estranho.

Pegou as duas bandas de pão com manteiga com a espátula, colocou-as no prato de serviço... foi até a máquina de café e retirou o bocado que caberia no copo americano do Coronel e foi servi-lo.

— Aqui Coronel, o de sempre.

— Obrigado!

— Saio às duas, o senhor está precisando de alguma ajuda.

— O que?

— O Senhor não havia perguntado que horas saio...

— Achei que não havia entendido.

— Na hora achei estranha a pergunta antes mesmo do pedido, mas depois fiquei pensando que o senhor pudesse estar precisando de ajuda.

— Estou sim, mas antes disso me responda: Você já foi traído?

— Que eu saiba não, Coronel! Mas o senhor não é viúvo?

— Não foi a minha Ana que me traiu e sim sou viúvo, mas fui traído e não foi por amor, foi pela fé.

— Ih, Coronel, esse negócio de fé é complicado, não gosto de me meter nessas coisas, não.

— Não, Kayky! Não é de fé religiosa que estou falando. Estou falando que acreditei em uma pessoa e ela me traiu e me causou um mal irreversível e minha vontade é... (de forma quase inaudível, o Coronel completou) matá-la.

— Para isso não te ajudaria, Coronel. Não teria coragem de matar uma mosca.

Percebendo que havia exposto mais do que o necessário para o seu interlocutor, o Coronel rapidamente se corrigiu:

— Não! Não vou matar ninguém, mas preciso de sua ajuda para dirigir meu carro e me levar a um lugar. Perdi meus óculos novos e esse que estou usando não me dão segurança para dirigir. Já encomendei outro, mas gostaria de procurar umas pessoas ainda hoje.

— Coronel, o senhor não está planejando matar estas pessoas, né?

— Na verdade quero encontrar essas pessoas para que elas me ajudem a corrigir um erro da minha juventude. Você pode me ajudar?

— Se for para que o senhor fique bem, estou às ordens. Saio às duas

— Encontre-me em meu prédio. Sabe onde é, né?

— Sei sim já fiz umas entregas ali pro senhor quando tava tudo fechado, lembra?

— Verdade. Então te esperarei.

O Coronel terminou seu café, fez um sinal a distância para Kayky indicando que o esperava e saiu. Foi em direção a praça com a convicção que o plano começava a tomar forma. Fitou as mesas de jogos, foi até o jornaleiro, mas não ficou na praça a ler. Na verdade, lembrou que precisava passar no açougue e no mercado para suprir de forma mínima a dispensa e o refrigerador de sua casa. Depois das poucas compras foi para casa e após ler o jornal e preparar e saborear sua refeição, pôs-se a esperar por Kayky.

EM BUSCA DE HELENA

O Coronel ressonava na linda e confortável poltrona dos anos 1970, toda forrada com o veludo original em tom de bege, que apesar da idade parecia saído de fábrica. Tá certo que o conforto foi garantido com restofamento feito há pouco mais de 2 anos. Mas a qualidade da madeira do móvel e das tiras de sustentação do estofado dava ao móvel um caráter de eterno. Já não era mais o da moda, não era moderno, mas a elegância vintista estava ali presente naqueles adornos em madeira esculpida no frontão dos braços e no topo do encosto.

O coronel tinha um jeito bem relaxado de sentar-se, colocava uma das pernas sobre um dos braços do sofá e recostava a cabeça no outro braço, de forma que ficava como se estivesse em um berço que já não comportava mais aquele bebê crescido.

Estava lá, bem relaxado em sua posição habitual quando o som estridente da campainha, igualmente vintista, o fez despertar. Mesmo assustado por acabar de acordar, ele sabia que era o Kaiky, a quem tinha previamente autorizado a entrada. Então pôs-se rapidamente de pé, calçou as sandálias de couro antigas que usava dentro de casa e foi até a porta. Mesmo prevendo quem seria, olhou no olho mágico para certificar-se. Abriu a porta, ofereceu o caminho de entrada com o gestual de mãos, Kaiky chegou a estancar, resistindo entrar naquele espaço que estava fora do seu universo de "serviçal", mas com outro gesto o Coronel insistiu que entrasse.

Kaiky já havia estado naquele prédio a fazer entregas, mas nunca havia entrado em qualquer apartamento pela entrada principal. Quando muito entrava pela porta da cozinha para deixar algo mais pesado. Entrar pela porta principal foi algo um tanto assustador para quem foi forjado pelos pais e pela sociedade a reconhecer que nem todos os espaços são acessíveis aos que servem. Por alguns instantes Kaiky viveu um certo deslumbramento e sequer ouviu a insistente oferta de Alberto para que se sentasse. De súbito respondeu: — não obrigado, estou bem de pé.

O Coronel insistiu:

— Kaiky, aqui somos apenas amigos e você veio ajudar-me como amigo, então sente-se, vou te oferecer algo para comer e beber e depois nós faremos o que tem que ser feito.

O tom imperativo da voz do Coronel fez com que o jovem, como de costume, aceitasse as ordens. Kaiky se sentou e o Coronel foi até a cozinha e trouxe um pequeno pote de louça com uma pasta de ramis terrine e uns pães sírios de acompanhamento, deixou sobre a mesa e retornou à cozinha voltando com uma jarra com suco de laranja.

Kaiky ficou na dúvida se comia e como comia aquilo, não tinha certeza se ia gostar, nunca tinha visto aquilo antes, mas resolveu arriscar, pois, embora na padaria vez por outra comesse um pão ou outra coisa, naquele momento estava com a fome de quem não almoçara. Alguns minutos depois, já mais relaxado, ambientado e saciado, Kaiky se voltou ao Coronel e falou:

— Coronel...

— Kaiky! (interrompeu o coronel) Nós somos amigos, aliás você hoje é o único amigo que eu considero, então me chame de Alberto ou de Beto se preferir.

— Coro... Seu Alberto...

— Só Alberto!

— Vai ser difícil... (disse Kaiky com um sorriso) – Tá bom, Alberto...

— Isso aí!

— Então, Alberto, o senhor não vai me colocar em furada, né? Eu sou preto e quando tem um preto pobre com um branco fazendo coisa errada, o branco se safa e preto se ferra.

— Kaiky, não se preocupe, não faremos nada ilegal hoje e você estará com um Coronel respeitado.

— Tá bom! Mas qual é a missão?

-Kaiky, vou te contar uma história que tem tudo a ver com as pessoas que quero encontrar, mas não é uma história feliz, pelo menos a parte que vou contar.

Depois desta fala, o Coronel começou a contar um episódio ocorrido ainda durante a ditadura militar brasileira. Ele então narrou o seguinte: Que em 1973 alguns grupos de comunistas ainda queriam derrubar o governo da revolução com armas e praticavam assaltos à bancos e sequestros de embaixadores estrangeiros. Ele contou que foi designado para investigar um grupo que já não lembrava mais o nome, mas que estava envolvido no sequestro do embaixador americano, depois da prisão dos que estavam na ação o objetivo era prender todos que estavam na retaguarda. A equipe que ele comandava ficou então responsável por prender um casal que apoiou a logística do sequestro e os seus nomes eram Moacir e Helena.

Kaiky ficou interessado na história e mais curioso ainda sobre a relação daquela história com a sua presença naquele apartamento. Alberto percebeu o interesse e para atiçar ainda mais a curiosidade do ouvinte, fez uma pausa e parou para beber água.

Retomou a história já na ação de sua equipe e meio que se desculpando, disse que era preciso entender que eram outros tempos e que hoje os militares não precisam mais fazer o que fizeram. Então narrou.

— Fomos até aquela casinha ali no Bairro de Fátima e cercamos tudo. Na equipe tinha um soldado grande e forte que gostava de arrombar portas, mandei ele ir até a porta da casa e bater para ver se tinha alguém em casa. Ao invés disso ele varou a porta com aquele corpanzil, entrei logo atrás e naquela pequena sala vi uma jovem assustada com um bebê no colo e um homem também jovem, magro, de cabelos longos e uma barba falhada tentando escapar pela porta de um outro cômodo. O soldado num pulo agarrou o homem pelas pernas o puxou e se ajoelhou sobre seu pescoço, imobilizando-o e um outro soldado, sem que eu comandasse, se apressou em segurar a jovem com o bebê sem qualquer cuidado com a criança. — Kaiky, num susto peguei a criança no ar, porque no supetão do soldado, a mãe a deixara cair.

— Canso de ver isso na favela...

— Como assim?

— Deixa pra lá! Continua aí! O que eles tinham feito? O que aconteceu com eles? E a criança?

— Pois é! O que eles tinham feito? Para te dizer a verdade, até hoje eu não sei! Cumpri uma ordem e fui buscá-los para levar ao quartel da Polícia do Exército, ali na Tijuca, e foi isso que eu fiz. Chegando lá me falaram que eram terroristas...

— Igual àqueles que colocam bomba nos lugares ou àqueles que jogaram o avião naquele prédio? Indagou Kaiky.

— Não sei, Kaiky, mas sei que os entreguei lá, mas fiquei com um bebê em minha guarda. Naquele tempo eu sabia que aconteciam coisas na P.E. e soube que às vezes usavam até as crianças para fazer os pais confessarem, mas eu não queria esse peso, então não relatei a criança para os superiores e dei a mesma ordem aos meus subordinados.

— E aí?

— Durante o trajeto do Bairro de Fátima até a Tijuca a mulher me pediu em segredo que levasse a criança até uma irmã dela que morava perto da estação em Madureira. Quando chegamos ao quartel entreguei os prisioneiros, dispensei as outras viaturas e fui eu e o motorista até Madureira. Chegamos na casa indicada, chamei a irmã da moça, já não me recordo o nome, e entreguei a criança.

— Só isso?

— Não! A mulher me questionou sobre a irmã, perguntou o que tinha acontecido, mas eu não disse nada, só estava cumprindo ordens, esse era nosso argumento para tudo, mesmo que naquele momento eu estivesse desobedecendo uma ordem, ou ao menos não estivesse cumprindo o protocolo.

— O que aconteceu com eles? Morreram? Fiquei sabendo que muitos morreram nas prisões do exército naquela época.

— Esse pessoal inventa muito, era só uns tapinhas para eles abrirem o bico.

— Conheço bem isso. Já levei algumas borrachadas da polícia em duras perto do morro e eu não tinha feito nada.

— Que isso?

— Verdade! Mas volta lá na história.

— Bom, uns três dias depois fui até o quartel da P.E. sob desculpa de que precisava entregar um documento e tentei ver os prisioneiros. Eles estavam em algum lugar que não me foi permitido acesso, mas tinha ali um colega de turma em quem confiava e pedi que ele avisasse a moça que a criança estava com a irmã. Fiquei ressabiado, porque naquela época até amigo podia te criar problema, mas fiz.

— E nunca mais você viu eles ou a criança?

— Umas semanas mais tarde este amigo falou que a moça estava solta, então imaginei que estivesse na casa da irmã. Um dia então, sob desculpa de comprar uns presentes de natal para meus sobrinhos chamei a Ana Maria, minha esposa, para ir até lá em Madureira, no Mercadão. Propositalmente passei próximo à casa da irmã e fingi algum problema no carro. Parei, abri o capô e fiquei observando a casa. Dava para ver o interior da casa pelas janelas abertas e vi a mãe, que àquela altura eu já sabia que não se chamava Helena e sim Maria da Conceição. Helena provavelmente era o seu codinome na guerrilha. Tive vontade de ir até lá, mas temia a reação da moça e a reação da Ana Maria.

— E o cara?

— Bom, esse ficou na P.E. por algum tempo, nem sei se saiu. Mas continuando a história: passei naquela casa mais uma dezena de vezes, mas nunca tive coragem de ir até lá. Só queria ter a certeza de que a bebê estava bem. No entanto, na última vez que as vi eu estava parado na rua em frente à casa e de repente senti um toque nas costas, era a Maria da Conceição e a bebê. Por um breve segundo ficamos os dois ali parados, desconfiados um do outro, mas ela tomou a iniciativa e me disse um "obrigado". Eu até queria perguntar muitas coisas, mas de imediato ela virou e saiu a andar em direção à casa, entendi a situação, percebi que ela estava grata por ter tirado sua filha do risco, mas em hipótese alguma confiaria em mim.

— Nossa Coro... ops... Alberto, que história.

— E é por isso que você está aqui, eu quero encontrar essas pessoas, saber como elas estão e entender o que aconteceu. Você iria comigo até Madureira para tentar localizar este pessoal?

— Claro!

— Pode ir agora?

— Sim, vamos.

— Mas faço questão de te pagar uma diária.

— Então vou voltar a chamar o senhor de Coronel.

— Tá bom, entendi o recado!

O Coronel se levantou da mesma poltrona que há uma hora o abraçava em seu sono e foi até o quarto calçou umas meias e um tênis, pegou a carteira, celular e o molho de chaves, voltou à sala, convocou Kaiky e foram a caminho da garagem do prédio, um dos poucos com algumas vagas na região.

Mas o que o coronel não contara a Kaiky é que o real objetivo de encontrar essas pessoas era montar o seu esquadrão para executar o plano que desde a noite anterior começava a se montar. Alberto imaginava que aquelas pessoas, que foram capazes de praticar atos violentos contra o regime ditatorial, também teriam este mesmo ímpeto contra um presidente que ataca a democracia a todo momento e repete ofensas às pessoas que são de esquerda. O Coronel achava que poderia criar o seu esquadrão justiceiro para livrar o país daquela ameaça.

Os pensamentos do Coronel iam longe no caminho entre o Catete e Madureira, só não permaneceu em silêncio durante todo o trajeto porque teve que corrigir a rota traçada por Kaiky, que apesar do uso de aplicativo de localização errou algumas entradas. Kaiky, pouca saia de sua comunidade e a única vez que havia ido a Madureira o fez fazendo uma conexão entre o metrô e o trem, que no Rio de Janeiro definem bem os espaços da classe média alta e dos bairros dos trabalhadores.

O provisório motorista ainda tentou algumas perguntas, sobre o que procurariam, mas Alberto no máximo repetia um "veremos lá" e voltava ao silêncio. Kaiky começou a sentir incomodado e de certa forma, com certo receio de que o Coronel tivesse mentido para ele.

Quando chegaram ao bairro de Madureira o desafio foi encontrar o local específico onde era aquela casa. Alberto usou toda sua expertise de militar para traçar paralelos e meridianos imaginários para tentar definir o local. De súbito percebeu que desde a última vez que tinha estado ali houve muitas mudanças.

— Aquele shopping não existia. Disse ao seu amigo motorista.

Constatou alguns comércios que eram de "sua época", mas surpreendeu-se que as lojas de materiais religiosos com produtos de umbanda e candomblé já não existiam mais por ali, ao menos a vista plena ou na quantidade que existiam antes. Margeou o Parque Madureira e elogiou a iniciativa de instalar ali algo de tanto bom gosto. Mas com tantas mudanças observadas localizar a antiga casa da irmã de Maria Conceição ficou mais difícil.

No entanto, em um *insigth* lembrou que a casa era próxima de uma quadra de escola de samba. Foram então diretamente a quadra da Portela, ali bem próximo daquele "novo" shopping, mas o Coronel não reconheceu nada.

— Será que era esta quadra mesmo? Será que não mudaram a quadra de lugar neste tempo todo?

As perguntas, que pareciam retóricas, ficaram sem respostas do interlocutor, que menos ainda sabia onde estava e só conseguia se localizar ou saber para onde ir graças ao aplicativo de celular que o orientava.

Resolveram ir até a quadra da Império Serrano.

— Do jeito que essa Escola fazia sambas críticos ao Regime só pode ser ali perto que moravam!

Mais uma vez sem entender muito o que o Coronel dizia, Kaiky, manteve-se em silêncio e conduziu o carro até lá seguindo a orientação da voz feminina e robótica que saia do celular.

Em frente a quadra, olhando para uma passarela que ligava os dois lados do bairro cortado pela linha férrea, o Coronel começou identificar algumas referências. Vislumbrou um bar que existia desde aquela época, umas lojas, que estavam diferentes, mas nos mesmos lugares, então pensou "esse é o lugar". Pediu que Kaiky estacionasse, que a partir dali iriam andando. Pararam em um estacionamento com vagas cobertas e descobertas, como estava na placa que divulgava também o preço da estada e continha uma grande seta indicando a entrada. Ao sair caminhando dali, Alberto já identificou o local e reparou que a antiga casa não era mais uma habitação, era agora uma pequena loja/escritório que abrigava uma prestadora de serviços de despachantes, desses que resolvem emplacamentos de carros, entram com recursos de multas entre outros serviços que vão além do usual ou do estabelecido no arcabouço legal.

Os dois então entraram no escritório, ultrapassando uma porta de vidro, onde havia adesivado o nome do despachante. Depararam-se com uma jovem, que certamente não tinha idade para ser a Maria. E sem qualquer cerimônia, o Coronel deu uma boa tarde e foi logo perguntando:

— Aqui tem alguma Maria da Conceição?

A moça acostumada a entrada de estranhos e mais ainda aqueles com perguntas estranhas, não se abalou e com um sorriso simpático, comum naqueles que dependem de vender o seu produto para garantir o próprio sustento, respondeu que não havia, mas que ela poderia atender se ele dissesse o que queria.

O Coronel um tanto decepcionado, tratou de explicar:

— Há alguns anos esse prédio era uma casa de família e aqui vivia uma Maria da Conceição, eu era amigo dela, mas perdi o contato e gostaria de encontrá-la.

— Nisso não posso ajudar o senhor, mas talvez meu patrão saiba de alguma coisa.

A moça então pegou o telefone, deu alguns toques na tela e segurando o aparelho próximo a sua base com o dedão na frente, tratou falar bem próximo do aparelho. Disse ao pequeno orifício o nome que estava gravado na porta e concluiu com a pergunta sobre "uma tal de Maria da Conceição que morou ali antes". Não demorou nem dez segundos e a resposta frustrante veio: "Conheço não!"

Alberto deixou claro a sua decepção na expressão de sua face, mas ainda assim agradeceu o esforço. Saiu da loja e juntamente com Kaiky passou a olhar no entorno. Kaiky não tinha ideia do que procurava, mas o Coronel buscava locais antigos e pessoas mais velhas. E seu olhar encontrou algo que está se perdendo mesmo no subúrbio. Viu ali próximo algumas senhoras sentadas em cadeiras e banquinhos no portão de uma das casas que resistiram ao avanço da transformação comercial daquela região.

Aproximou-se do grupo e de forma muito cortês deu "boa tarde" ao que foi acompanhado por Kaiky. As pessoas ali responderam com um "tarde", deixando subentendido o "boa".

— Desculpe incomodar a fresca das senhoras, mas estou procurando uma pessoa que viveu aqui há alguns anos.

As senhoras acharam estranho aquela forma de falar e só não levaram a palavra "fresca" como ofensa porque nada na entonação daquele senhor distinto indicava isso. Se que pudesse uma linguagem antiga. De qualquer forma a mais nova delas, que aparentava ter uns quarenta e poucos anos respondeu.

— Quem o senhor procura? Porque aqui nós conhecemos todo mundo, eu nasci aqui nesse barraco.

O estranhamento da linguagem usada foi mútuo, mas o Coronel tratou de avançar.

— Procuro por uma senhora que vivia onde hoje é aquele despachante ali, o nome dela era Maria da Conceição!

— Ih conheço não. Ali morava uma mulher chamada Joana, não tinha Maria, não.

— A Joana deve ser a irmã da minha amiga. É que ela teve uns problemas e passou um tempo com a irmã.

Com este esclarecimento a mais velha das senhoras ali, que aparentava ter entre setenta e setenta e cinco anos, entrou na conversa. Com uma voz fraca e bem pausada, ela disse:

— Ah me lembro da Maria, ela tinha uma menina...

— Isso mesmo! Interrompeu o Coronel.

— Ela ficou pouco tempo por aqui, acho que o marido dela estava viajando e por isso ficou aqui, mas ficou um bom tempo. A viagem do marido deve ter sido longa. Ela não conversava muito na rua, mas a Joana sempre falava dela.

— A senhora sabe onde posso encontrá-la?

— Sei não. A Joana vendeu a casa e mudou já tem um tempo. Ela até teve aqui me visitando depois, mas já faz uns anos, sei nem se ainda está viva.

— Não tem nem um endereço?

— Tem não!

— Que pena, precisava tanto encontrá-las! De qualquer forma, muito obrigado.

Decepcionado, Alberto virou-se para o Kaiky fez um gestual de frustração e sugeriu que fossem embora, que a noite se aproximava rapidamente. Fizeram um último aceno às senhoras e começaram a caminhar para o estacionamento. Iam conversando sobre a frustrada investida e o que fazer a partir de então, quando uma criança tocou o coronel e disse que sua bisa estava chamando. O Coronel, renovado na esperança, retornou ao encontro das senhoras.

— Desculpe senhor, me lembrei que tenho aqui um telefone da Joana. É antigo, nem sei se ainda é este número... minha neta foi buscar o caderninho.

O número que constava no tal caderninho era de um telefone fixo e contava apenas sete dígitos, ou seja, era algo realmente antigo e talvez não desse em nada, mas o Coronel pediu a Kaiky que o anotasse. Kaiky pegou seu próprio celular e o registrou na agenda do aparelho. Ao contrário do Coronel, que guardava esperanças de que o número o ajudasse, o atendente de padaria não achava possível encontrar aquelas pessoas com aquele número.

Os dois agradeceram o empenho, anotaram também o número de uma das senhoras mais novas com a promessa de mandar notícias sobre a Joana se a encontrasse. Depois tomaram novamente o rumo do estacionamento. O semblante de Alberto mudara completamente, a esperança renovara seu sorriso e Kaiky, mesmo muito cético, gostou de ver o Coronel com o ar mais tranquilo.

Antes mesmo de entrar no carro, Kaiky perguntou a Alberto se queria que ligasse para aquele número. O Coronel recusou. Falou que faria isso quando chegasse em casa, queria curtir um pouco mais aquele fio de esperança. Além disso, falou a Kaiky que aquele número só funcionária se acrescentasse o número 2 antes de todos os outros.

— Mas fazemos isso lá no Catete. Vamos logo que já está tarde e já te aluguei demais.

— Alberto ... acertei dessa vez ... eu quero ir até o fim dessa história, fiquei curioso, então queria pedir para o senhor não me tirar dessa investigação.

— Pode deixar, Kaiky!

Durante o trajeto de retorno ao bairro do Catete, com direito a engarrafamento na Avenida Brasil, ali bem próxima da alça de acesso à Linha Amarela, os dois companheiros de viagem foram conversando amenidades. O Coronel quis saber de Kaiky o que ele planejava para o próprio futuro, Kaiky afirmou que não pensava nisso e que apenas queria juntar "uma grana" para montar um negocinho lá na favela, quem sabe até uma padaria. Alberto falou que queria ir até a casa dele e a resposta veio com uma pergunta: "por que?", Alberto disse qualquer interesse difuso, mas o que na verdade o intrigava foi a fala de Kayki sobre as abordagens policiais por ali e uma curiosidade incontida sobre como viviam pessoas como Kaiky e Antônio.

Depois de uma "viagem" de pelo menos cinquenta minutos, os dois chegaram no bairro do Catete. Kaiky estacionou o carro na garagem do prédio e se despediu do Coronel. Alberto ainda tentou oferecer que ficasse e dormisse no antigo quarto de Marco Aurélio, mas o jovem recusou educadamente, precisava ir a sua casa, sua mãe talvez se preocupasse. Sem mais insistência por parte do velho, o garoto pegou o rumo para a Tavares Bastos.

Alberto, por sua vez, tomou o ascensor e foi direto ao seu apartamento. Retirou a máscara, colocou-a em local arejado, lavou às mãos como recomenda o protocolo, tirou a camisa e as meias e as pôs no cesto de roupas à lavar, cogitou ir direto ao banho, mas o número não lhe saia da cabeça, sentou-se na poltrona e pôs a buscar o número que Kaiky havia lhe enviado pelo aplicativo de mensagens. Abriu a caixa de conversa registrou o número em seu celular e na hora de gravar adicionou o algarismo 2 que faltava.

O relógio do aparelho marcava pouco mais de 20:00 e o impulso fez com que teclasse o "botão" verde. No visor aparecia "chamando", os toques característicos de que estava realmente chamando vibravam nós tímpanos provenientes do auscultador encostado a orelha direita. Momentos de tensão e dê certo planejamento do que falar. Depois de alguns intermináveis segundos alguém atendeu, era uma voz masculina e firme, provavelmente de um adulto jovem, com pouco mais de trinta.

— Alô!

E após um breve silêncio por ouvir uma voz inesperada, o Coronel respondeu à interjeição telefônica.

— Boa noite, a dona Joana se encontra?

A voz do outro lado respondeu com certa desconfiança:

— Quem quer falar com ela a essa hora? Não é nada de banco, né?

— Não, não! Eu sou o Coronel Alberto Aragão e gostaria de trocar umas palavras com ela.

— Coronel? O que o senhor quer com minha mãe?

— Desculpe, mais uma vez a confusão, mas o assunto é importante e eu gostaria de falar diretamente com ela. É possível?

Ainda surpreso por alguém ainda manter o antigo telefone fixo nesses tempos e agradecendo a própria sorte de encontrar a irmã da Maria ainda viva e aparentemente em condições de dar informações, o Coronel ouviu no fundo o chamado do filho a mãe para que atendesse o telefone. Ouviu o homem falar: "tem um coronel aqui querendo falar com você" e ouviu também a resposta: "Coronel?".

— Alo!

— Boa noite, dona Joana! Meu nome é Alberto.

— Boa noite! O que o senhor deseja?

— Vou direto ao assunto. Eu gostaria de encontrar sua irmã Maria da Conceição.

— Por quê?

— A senhora não lembrará de mim, mas fui eu quem deixou sua sobrinha com a senhora no dia em que sua irmã foi levada ao quartel do exército.

— E o senhor ainda tem coragem de ligar procurando ela?

E antes mesmo que o Coronel pensasse qualquer argumento para tentar convencer Joana das suas boas intenções, a ligação foi interrompida com aquele som típico de que o telefone foi desligado na "sua cara".

Veio então uma ponta de frustração, mas o Coronel lembrou que ainda guardava em casa a última edição da lista telefônica que antes era produzida e entregue pela empresa de telefonia e com alguma sorte poderia encontrar o endereço de Joana.

Pegou seus antigos alfarrábios, verificou o sobrenome das irmãs que havia anotado em seu caderninho e pôs-se a buscá-lo na antiga lista. A última edição fora do ano 2001 e ele esperava que ela já tivesse no atual endereço. Procurou, procurou e foleando aquele grosso livro feito com folha de papel jornal bem fino encontrou o nome, verificou o telefone e viu o endereço na Pavuna registrado. Torceu para que ela ainda vivesse lá.

NA TAVARES BASTOS

No dia seguinte a incursão ao bairro de Madureira, o Coronel acordou um pouco indisposto, aventou, inclusive, a possibilidade de estar novamente contaminado pelo maldito spikevirus. Ficou realmente preocupado, principalmente por existir a possibilidade de tê-lo transmitido a outras pessoas. Mas a indisposição não veio acompanhada de outros sintomas característicos da doença causada por aquele maldito vírus. Não estava com febre, ou tosse, não apresentava falta de ar e nem dores nas costas ou em qualquer outra parte do corpo. Estava sim sentindo um mal-estar ventral e um pouco de náuseas.

Sem querer arriscar contaminar outras pessoas, mesmo sem saber se era ou não, o Coronel se impôs a quarentena, até pelo menos conseguir fazer um teste. Na sequência de sua decisão de ficar recluso, enviou uma mensagem ao seu amigo Kaiky. Alertava-o da possibilidade de estar com spikevirus e avisava que ficaria recluso. Em segunda mensagem relatava as novidades da noite anterior, terminando-a afirmando que assim que estivesse recuperado iria até a Pavuna para falar pessoalmente com Joana.

Kaiky ficou muito preocupado e demonstrou isso no "zap" que enviou em resposta:

> Vc está precisando de algo? Se sente bem? Quer que eu vá até aí? Que m...

Em uma terceira mensagem demonstra certo interesse pelo avanço da investigação em que esteve envolvido, mas reforça que não era hora de pensar nisso e que o importante era ficar atento ao desenvolvimento da doença. Bom, foi isso que o coronel compreendeu daquele texto que trazia algumas imprecisões linguísticas, muitas abreviações de palavras e alguns poucos erros ortográficos.

Mas a preocupação de Kaiky era evidente, a cada hora mais ou menos, Alberto se via obrigado a responder libelos que perguntava como estava. A princípio se sentiu importante e valorizou a preocupação do amigo, mas com o passar das horas e das idas ao banheiro, indicando mais uma rejeição a algo que havia comido do que qualquer outra coisa, o Coronel começou a ficar enfastiado das mensagens e deixou-as acumularem em duas ou três para depois respondê-las. Não deixou acumularem mais para evitar que Kaiky batesse a sua porta.

Já ia o relógio na parede da cozinha indicando o ponteiro pequeno entre o oito e o nove e o grande bem em cima do oito, quando um novo "zap" chegou. Dessa vez Kaiky além da pergunta do dia comunicava também que no dia seguinte ia pedir o patrão para tirar férias. A mensagem textual vinha acompanhada de um áudio em que explicava a decisão. O atendente disse que já estava há uns dois anos na padaria e não tirara nenhum diazinho de folga, além das que tinha pelo contrato de trabalho. Dizia também que precisava resolver umas coisas e até começar mais seriamente no projeto de montar uma padariazinha na favela. Na fala afirmava que a conversa sobre o futuro o motivou a dar mais um passo naquilo que imaginava. Ia tirar, segundo o áudio, uns quinze dias e tentar negociar com o patrão a venda dos outros dias a que tinha direito.

Alberto, naquela altura, já bem melhor do mal-estar, regozijou-se com as palavras ouvidas e se sentiu muito potente por ter influenciado positivamente uma pessoa. Imediatamente se lembrou de Ana Maria e a imaginou elogiando sua atitude. Sorriu sozinho e mesmo ainda fraco depois de ter eliminado algumas reservas de energia na louça sanitária, ensaiou alguns passos de dança com a Ana Maria da sua imaginação, como fazia quando a felicidade inundava aquele apartamento e o amor era comemorado entre os dois.

Uma sopa acompanhada de alguns piraquês cream crackers selaram o dia, que apesar do mal-estar, trouxe um conforto grande a alma daquele velho. Eram 21:30 quando ele se pôs em pijamas, conduziu com ele para cama o controle remoto da TV, zapeou algo para assistir, lembrou que havia uma transmissão do jogo do Botafogo e foi ao canal de esportes, naquela altura o jogo que começara às oito da noite já ia em sua reta final em um persistente empate sem gols. Imaginava como aquele dia poderia terminar muito melhor se o time da estrela solitária fizesse um golzinho e quando o pensamento já ia se concluindo... gol do Botafogo, um a zero no placar e um passo a mais para voltar a primeira divisão. Ao apito do juiz, Alberto deu por encerrado seu dia e dormiu o sono dos justos.

Acordou bem cedo na manhã seguinte. Bem mais disposto e sem os incômodos intestinais do dia anterior, Alberto tomou um leve café em casa, pois, estava convicto em levar adiante a quarentena, mesmo que tudo indicasse que não estava acometido do spikevirus, iria esperar mais três dias para realizar um exame. Depois do desjejum, improvisou uma série de exercícios, apoiou-se na cadeira fazendo alongamentos, arriscou umas poucas flexões de braço com uma competência de fazer inveja a garotos novos, mais algumas abdominais e foi iniciar o dia recluso.

No aparelho celular mais algumas mensagens de Kaiky, o único que o enviava mensagens privada, de resto eram só grupos, que em sua maioria nem visualizava. O amigo perguntava mais uma vez se estava bem e comunicava que o patrão havia aceitado o seu pedido de férias, mas diferente do que pensava, ele precisaria tirar 20 dias e só poderia vender dez. "É o que diz a lei de acordo com meu patrão".

Alberto respondeu dizendo que já estava muito bem, que provavelmente o que tinha não era spikevirus e sim uma reação a alguma comida que havia ingerido. Às outras informações deu vivas e pontuou que assim teria mais tempo para pensar no projeto da padariazinha. Mas, na verdade, Alberto pensava em seu íntimo que poderia ter o amigo em sua companhia durante as investigações que preludiavam seu plano.

Três dias depois do mal-estar e já enfastiado da reclusão que o impossibilitava de levar a diante o seu plano, Alberto resolveu ir até uma farmácia e fazer um teste rápido para spikevírus, faria aquele de swap, que incomodava muito, mas era mais certeiro e depois iria até um laboratório para fazer um daqueles mais completos, só para tirar as cismas.

Munido de sua máscara PFF-2 e de um borrifador com álcool em gel 70%, caminhou até a farmácia fez o teste que deu negativo e depois foi até o laboratório, novamente colheu o muco, mas o resultado só após 48 horas. Alberto gastara pouco mais de R$ 400,00 nos dois exames, mas àquela altura da vida não tinha problemas com o dinheiro. Primeiro porque recebia uma boa aposentadoria e mesmo que a Reforma da Previdência implementada pelo governo tivesse lhe retirado o direito a pensão de Ana Maria, ele não tinha muitos custos. O apartamento que vivia era próprio e quitado, pagava mensalmente apenas o plano de saúde, que era uma "facada", e as contas habituais de condomínio, luz, telefone, gás, água. Naquela altura pouco saia para comer fora e quando o fazia ia em lugares com preços razoáveis e comida justa, além disso, tinha uma bela poupança acumulada ao longo dos anos de planejamento e organização orçamentaria. Para completar tinha umas casinhas alugadas em Duque de Caxias, que havia comprado por um valor abaixo do mercado, só para ajudar um amigo que à época precisava de dinheiro. Eram seis pequenas casas que rendiam líquidos mil e oitocentos reais, já que a administradora ficava com 20%.

Ao sair da farmácia e antes de chegar ao laboratório, Alberto já enviou uma foto do resultado para o Kaiky, que respondeu com um emoji que simbolizava o sinal de assim seja ou amém característico das religiões cristãs. Como que movido por um certo remorso ou pela necessidade de demonstrar afeto ou não fazer ciúmes, enviou a foto também a Marco Aurélio, que respondeu demonstrando preocupação com a saúde do pai, perguntando o motivo que o levou a fazer o exame. Alberto tratou de tranquilizar o filho dizendo que estava muito bem e com um projeto novo que o ocuparia muito pelos próximos dias. Um "tá bom! Depois te ligo." encerrou o diálogo virtual entre pai e filho.

Quando saiu do laboratório, por volta das dez da manhã, Alberto não tinha mais agenda e ficou a pensar o que faria com restante do dia, pensou em ir até a padaria conversar com Kaiky, mas lembrou que o amigo estava de férias, cogitou ir à praça, mas, num impulso, resolveu ir até a Tavares Bastos.

Apesar de morar relativamente perto da comunidade, Alberto nunca tinha passado nem perto dali. Foi caminhando do laboratório até a entrada da favela, era uma boa caminhada. Chegando ali já começou a perceber alguns elementos novos para ele. Pouco antes da entrada tinha uma viatura policial, uma caminhonete adaptada ou uma blazer, e quatro policiais, dois com os fuzis em punho do lado de fora do carro e os outros dois bem calmos no interior do veículo com os olhos nas telas de seus celulares. Ali na favela funciona o quartel general do Batalhão de Operações Especiais da Polícia Militar do Rio, que ficou famoso por filmes feitos sobre o seu funcionamento.

Alberto avançou pela rua de entrada, que era calçada com paralelepípedos, e conforme andava via muitas pessoas sem máscaras em um convívio que remetia aos tempos pré-pandemia. Vez por outra uma pessoa de máscara, normalmente idosos ou idosas, percebeu um comércio que nem imaginava que existia ali: um pequeno mercado, uma loja de material de construção, uma casa com vidros escuros inteiros no lugar das janelas e uma porta igualmente de vidro filmado onde se lia "lan house", tinha também uns dois ou três bares e até um restaurante com uma estética bem respeitável, que o lembrou dos restaurantes de cidades do interior como Caxambu ou Rio Preto, onde havia estado algumas vezes.

Conforme andava na rua que subia para algum lugar que ele nem sabia onde era, observou que todos o observavam, percebeu que era um estranho em um lugar que todos se conheciam, ficou um pouco inquieto com isso, principalmente quando passou por um rapaz, relativamente escondido entre dois daqueles comércios, que estava sentado em uma moto e mexia no celular. Chegou a se inclinar para falar exatamente com este rapaz e perguntar pelo Kaiky, mas achou que poderia ser um lance ousado demais. Não sabia que ali, até pela presença do Batalhão do BOPE, não existia a presença ostensiva de criminosos. Tinha na cabeça a imagem das favelas do Rio e as lembranças das histórias narradas por Ana Maria.

Viu um senhor de cabelos brancos sentado em um banco e apoiando em uma bengala improvisada, na verdade um cabo de vassouras com uma trave em cima que servia de apoio para as mãos. Estava ali sentado a observar o movimento de shorts, sem camisa, com uma pronunciada barriga, mas ostentava a máscara. Alberto se aproximou e perguntou por Kaiky.

— Kaiky? Qual Kaiky?

Alberto não podia imaginar que houvesse tantos Kaikys, mas manteve a fleuma e retrucou:

— O que trabalha na padaria?

— Vixe, esse sei quem é não.

A frase dita trazia um sotaque conhecido, que tinha origem provavelmente em Pernambuco. Mas o pernambucano não se deu por derrotado e virando-se para trás gritou para alguém dentro do portão se conhecia o Kaiky que trabalhava na padaria e lá de dentro a voz respondeu com uma pergunta:

— O pretinho ou o branquinho?

Alberto se adiantou ao velho e respondeu com certo constrangimento, com a certeza de que não era essa a forma adequada de se referir às pessoas negras, como lhe ensinara Ana Maria.

— O pretinho.

A resposta de Alberto trouxe ao portão uma cabeça envolta em um lenço que parecia segurar algo nos cabelos, algo que há muito ele não via, os bobs, que na lembrança dele servia para cachear os cabelos.

A cabeça feminina com os bobs e o lenço falou aos velhos que era o filho de dinda Carmem, ao que o velho sem camisa respondeu com uma interjeição de surpresa misturada com confirmação e depois virou-se para Alberto e falou:

— O senhor vai subindo aqui, vai passar três vielas, na quarta o senhor entra, vai ter uma descidinha, cuidado pra não escorregar, lá é barro, ali o senhor pergunta que todo mundo vai saber quem é a Carmen ou Carminha, ela ajuda muita gente aqui.

— Obrigado! – Retrucou Alberto.

O militar aposentado retomou sua marcha em aclive. Os olhares desconfiados sobre ele continuavam mesmo tendo estabelecido o contato imediato de primeiro grau naquele território. Avançava no caminho, mas percebeu que dois rapazes de motocicleta passaram por ele olhando bastante. Alberto já imaginava aqueles rapazes armados e o ameaçando como cansava de ver em notícias dos telejornais. Por fora mantinha o ar austero, mas no íntimo já começara a arrepender-se da ideia de visitar o amigo. Tinha pensamentos terríveis e já sentia um suor gélido escorrer pelas costas e no dorso.

Passou a primeira viela, a segunda e ouviu novamente o som da motocicleta, desta vez vindo pelas suas costas, pensou imediatamente que a morte se aproximava, mas não se virou. O barulho se aproximava e a sensação de terror se ampliava, temia morrer de desidratação se não o fosse por vítima de um disparo, de tanto que suava. Maldizia a si mesmo pela ideia estupida de entrar em um território dominado, sem saber que justamente a Tavares Bastos é a única favela do Rio sem a presença do tráfico ou da milícia. Revisitava mentalmente todos os casos ouvidos e vistos na imprensa. Pessoas que morreram ou foram alvejadas pelo simples fato de acessar uma das favelas controladas por bandidos. Acovardava-se diante do destino que parecia certo.

A moto então passou vagarosamente ao seu lado e ele pode então notar, mesmo sem olhar diretamente, que apenas carregavam sacolas com alguns mantimentos vistos pela transparência opalescente do plástico verde. Em nenhum momento a ameaça que tanto temia chegou próximo de se consumar.

Terceira, quarta viela, uma pequena descida e como descrita pelo velho sem camisa, uma rua de barro e ameaçadoramente escorregadia, pois, alguns veios de água de esgoto umedeciam o tijuco. Antes de entrar na viela em busca do amigo, Alberto escutou mais uma vez o som rouco da motocicleta e tratou de correr o risco do escorregão e acelerou o passo. Avistou uma senhora e antes que o barulho se aproximasse novamente a interpelou.

— Bom dia! A senhora conhece o Kaiky?

— Quem é o senhor? – Respondeu desconfiada.

— Desculpe! Sou Alberto, amigo dele e vim aqui sem avisar, mas queria falar com ele.

A mulher com um semblante menos tenso do que há poucos segundos, então respondeu:

— Ah, o senhor que é o seu Alberto? Prazer, sou Carmem, mãe do Kaiky. Ele estava preocupado com o senhor. O senhor estava com spikevirus?

— Não estou! Acabei de fazer um exame que deu negativo.

— Que ótimo! Essa doença é traiçoeira.

— Bem sei. Perdi minha esposa para ela.

— Lamento muito.

No momento em que Carmem terminava a frase, os rapazes da motocicleta pararam na entrada da viela e com um sinal poderoso, que demonstrava comando, ela determinou que viessem até ela e assim que chegaram pediu que buscassem um botijão de gás para ela lá no Alexandre. E completou virando-se para Alberto:

— Esses garotos trabalham muito, usam essa moto para fazer carreto para favela toda.

Carmem convidou Alberto para entrar, não sem antes dizer que era casa de pobre, que era tudo muito pequeno, que ele não reparasse a bagunça e que se sentisse em casa. Alberto aceitou o convite, até porque se sentiria muito aliviado e protegido naquela casa onde motos não conseguem trafegar. Mas antes de entrar perguntou se Kaiky estava em casa e recebeu como resposta um "tá chegando" complementado por "ele foi ali pra mim, comprar um quilo de feijão" e em seguida veio um convite para almoçar.

    A casa de Kaiky era, como antecipou a mãe, pequena. A sala tinha um piso rebaixado em relação a soleira da porta, obrigando aos que entravam descer um degrau, tinha um piso de cimento encerado em um tom vermelho carmim, à esquerda da porta via-se uma tv, dessas mais modernas, smart, em oposição ao aparelho um sofá de dois lugares complementado por uma poltrona que revelavam serem bem antigos, mas com o estofado em dia e com o revestimento claramente antigo e antiquado, mas inteiro, sem qualquer remendo. Completando o ambiente tinha uma mesa de centro redonda em madeira laqueada e com o centro em vidro. A cor dos assentos em nada combinavam com o vermelho do chão ou com o laqueado em claro de madeira da mesinha.

    Da entrada via-se ainda duas portas, ou melhor duas molduras de porta desenhadas pela arquitetura da casa, mas ali naqueles vãos não havia alisares, batentes ou caixonetes, era uma moldura feita pelo emboço e revestida com uma tinta branca que revestia todo o ambiente. Uma das entradas, no entanto, era protegida por uma cortina de miçangas que davam uma cor alegre ao ambiente, mas que também em nada combinava com o restante, era o acesso para a cozinha, vista por Alberto quando Carmem passou pelas miçangas e abriu um rápido vão que permitiu a visualização. A outra passagem levava a um corredor de aproximadamente cinco metros no visual e ao fim dela via-se uma outra porta, esta sim completa, que mais tarde Alberto descobriria se tratar do banheiro da casa. Além desses cômodos, a casa se completava com dois outros, os dois quartos, um dos pais de Kaiky e outro que ele dividia com um irmão mais novo.

A mãe de Kaiky tentava deixar o convidado à vontade a espera do filho e ao mesmo tempo adiantava os procedimentos culinários, ampliados pela presença do coronel. Fazia o percurso entre a sala e a cozinha a cada instante oferecendo água ou algo para comer, apontou o banheiro em caso de necessidade e ofereceu para ligar a televisão pedindo desculpas por estar a adiantar o almoço. O coronel, polidamente, disse que ficasse tranquila, pois, ele estava em casa.

Carmem era uma mulher que estava na casa dos quarenta e poucos, mas aparentava bem menos idade, era uma mulher bonita com tez de um preto reluzente e com curvas pelo corpo que a colocariam em qualquer um desses fatídicos concursos de beleza que valorizam mais as mulheres pelo que aparentam ser do que pelo que são efetivamente. Tinha o rosto bem delineado com os olhos amendoados e a íris em um castanho mel que evidenciava bem a pupila em contraste, o nariz característico da herança africana, assim como a boca de lábios carnudos. O conjunto gerava uma harmonia interessante.

Esta aparência não revelava a força de liderança que esta mulher tinha, já indicada pelo velho sem camisa quando disse que ela ajudava muita gente. Carmem em verdade era uma liderança comunitária sem qualquer cargo ou sem fazer parte de qualquer associação. Era na casa dela que batiam as pessoas quando precisavam de ajuda ou apenas de um conselho, como pode constatar o próprio Alberto no tempo que esteve ali. Ela tinha bom domínio da língua, falava com clareza e com relativa correção e aparentemente era competente na cozinha e na manutenção do espaço de convivência. Sua casa era um primor de limpeza e organização mesmo em espaço reduzido.

Ela trabalhava como empregada doméstica e por muitos anos atendeu a uma família no bairro do Flamengo, vizinho ao

Catete, vivia naquela lógica muito comum de perpetuação do modelo de trabalho doméstico vindo do período escravocrata. Era muito bem tratada pela família e até conseguiu benefícios aos filhos que fizeram seus cursos de inglês com uma bolsa de estudos conseguida pelo patrão. Mas a realidade nua e crua é que esta relação paternalista escondia claramente uma condição de julgo sem estabelecimento de uma relação de trabalho. Quando, há algum tempo, houve a mudança da lei que garantiu às empregadas domésticas direitos trabalhistas mínimos, Carmem se viu sob pressão dos patrões a não os exigir. Nos anos seguintes a relação foi aos poucos se modificando, Carmem foi percebendo ou tomando consciência que aquela situação era desrespeitosa e por outro lado, os patrões passaram a exigir uma produtividade maior, que não foi compensada pela legalização de sua situação a partir do novo regramento.

No início de 2020, quando o spikevirus já avançava por outros países, seus patrões e os filhos fizeram uma viagem a alguns países europeus e retornaram em meados de março, quando já se havia decretado o período de isolamento social no Rio de Janeiro. A família para qual trabalhava exigiu que ela fosse ao serviço, mesmo com a determinação das autoridades para que cada um ficasse em sua casa. Carmem, temendo a falta que o salário iria fazer, cumpriu sua obrigação e três dias depois apresentava os primeiros sintomas da doença. Os patrões e os filhos estavam todos contaminados pelo spikevirus, que provavelmente trouxeram na bagagem. Carmem ficou alguns dias na angústia de não saber o seu destino, com a preocupação de não transmitir a doença ao marido e aos filhos e preocupada com a família para qual trabalhava, por quem guardava sentimentos de apreço, apesar da consciência que construíra nos últimos anos.

Ao fim de quatorze dias, tendo sofrido um pouco com os sintomas e ainda se sentindo cansada, Carmem enviou uma mensagem para sua patroa avisando que retornaria no dia seguinte, não recebeu resposta, embora a mensagem tivesses sido visualizada, como deixava claro o sinal em azul abaixo do corpo da mensagem, e quando chegou ao apartamento de seus patrões no dia que para ela estava combinado, recebeu a notícia de que não trabalhava mais ali, pois, eles precisaram muito de alguém naquele período e contrataram outra pessoa. De imediato Carmem sentiu-se como nada fosse, como se sua existência não tivesse qualquer importância, todo sentimento que nutria por aquela família desapareceu em um instante e sobreveio um ódio que talvez estivesse refletido no semblante, pois, de imediato a antiga patroa bateu à porta com um ar de pavor, impedindo que ela entrasse ao menos para pegar suas poucas coisas que ali estavam.

A história que Carmem contava foi assustando Alberto e ao mesmo tempo foi dando-lhe uma consciência de sua própria mesquinheis e do quanto seria capaz de algo semelhante se não fosse, por vezes, impedido por Ana Maria e o seu "coração mole". Enquanto ouvia a história contada da cozinha e que por vezes ia até a sala o que a tornava mais audível, o Coronel ficou absorto e nem percebeu a entrada de Kaiky na casa e seu ar de surpresa.

— Alberto?

E a história que vinha da cozinha se interrompeu com a Carmem falando:

— Chegou meu filho? Seu Alberto está aí já entediado com a minha história...

Ao que Alberto respondeu:

— De forma alguma, estava aqui a aprender muito sobre a vida, coisas que nunca fui capaz de compreender.

Kaiky retomou a fala:

— Oi coronel, o que senhor faz por aqui? E a saúde?

— Estou bem Kaiky fiz o exame e deu negativo, foi apenas algo que comi, pode ter sido aquele bolinho que comemos lá em Madureira. Na minha idade não se pode dar ao luxo de comer estas porcarias.

Kaiky pediu licença para ir até o banheiro lavar as mãos e trocar a máscara. Depois já asseado retornou e continuou a conversa mantendo no rosto a máscara assim como Alberto.

— O que fez o senhor vir aqui na favela?

— Kaiky, o que me fez vir aqui foram suas palavras ontem sobre as violências que existem aqui, queria ver com meus próprios olhos. Nós, que vivemos logo ali, não temos a dimensão dessa realidade e nesse momento da minha vida estou passando por uma transformação e precisava vir...

— Por que não me avisou? Ia até lá embaixo encontrar você.

Kaiky alternava a linguagem entre o respeito de atendente de padaria usando palavras como Coronel e senhor, com a nova intimidade construída com expressão como Alberto e você. Alberto, por sua vez, entendeu que essa transição se fazia necessária e nem cobrava mais o tratamento informal.

Continuando a conversa, Alberto relatou que não havia planejado a visita e correu o risco de não poder ser recebido.

— Jamais, Alberto, você é sempre bem-vindo em nossa casa, você sabe que pessoas estranhas à comunidade são sempre vistas com desconfiança.

— Eu sei! Percebi como me olhavam, mas acho que tem mais a ver com meus preconceitos do que com a realidade. Subi morrendo de medo de dois rapazes de moto e eram só trabalhadores.

— Pois é! Aqui é uma das poucas favelas do Rio que os bandidos não dominam, mas é bom ter cuidado.

Kaiky reforçou o convite para o almoço já feito por sua mãe, aceito de pronto pelo velho, e depois o chamou a conhecer o resto da casa. Apresentou o banheiro, o quarto dos pais e depois o seu e de seu irmão, onde o Coronel viu o escudo do Flamengo e o poster enquadrado do título de campeão da Libertadores de 2019. Fingindo contrariedade falou que ia embora, pois não sabia que estava em território inimigo, apontando para o escudo em rubro e negro. Kaiky sorriu e levou na galhofa a pilhéria feita pelo coronel. Os dois então se encaminharam para a cozinha onde sua mãe servira o almoço sobre a mesa de quatro lugares, que compunha a decoração da cozinha de tamanho razoável, maior do que a de muitos dos novos apartamentos que tem sido anunciado por aí.

Chamou atenção do velho que os eletrodomésticos se não eram novos, também não eram daqueles tão antigos e reaproveitados. Isso foi algo tão singular que ele foi incapaz de conter sua língua e teceu um comentário fazendo alusão isso.

— Isso, seu Alberto, foi da época das vacas gordas, lá para 2008 e 2009, o pai do Kaiky trabalhava em uma empresa de construção que pagava bem e as lojas faziam prestação sem juros, compramos logo geladeira, fogão e máquina de lavar e ainda tem uma televisão, que depois que o Kaiky comprou essa que tá na sala, eu coloquei lá no quarto.

— Seu marido trabalha com que?

— Ele é pedreiro de mão cheia, mas quando falta trabalho faz bico de qualquer coisa. Hoje mesmo está ajudando um amigo que conseguiu para fazer umas podas de árvores em uma casa lá no Alto da Boa Vista. Hoje tá difícil de arrumar emprego. Se não fosse o salário certo do Kaiky, não sei onde íamos parar.

— A senhora não conseguiu mais nada?

— Faço uma faxina uma vez por semana em uma casa ali nas Laranjeiras, mas é pouco. Dá uns quatrocentos por mês. Meu marido consegui mais coisas e enquanto isso vamos levando, esperando essa tempestade passar. O problema hoje é o preço do gás, que tá pela hora da morte e os legumes estão ficando caro. Esse governo parece que não se importa com pobre!

— É! A inflação está crescendo, parece que pandemia afetou os preços. – Disse Alberto, meio que defendendo aquele que planejara matar, vício de militância.

— Nada, seu Alberto, isso é falta de vergonha na cara, a Petrobrás tá aumentando o preço da gasolina e tudo aumenta e a Petrobrás é do governo, eles podiam fazer alguma coisa.

Alberto calou, levou o garfo a boca, como se solicitasse um tempo para refletir sobre a questão, mas não voltou mais no assunto, porque embora quisesse matar o presidente pela mentira que levou a sua Ana a morte, também não estava disposto a romper com tudo que pensava e nem muito menos valorizar o antigo presidente que deu acesso fácil aos mais pobres ao mercado de consumo.

Em meio ao silencioso restante de almoço, chegou o irmão mais novo de Kaiky, Maycon. Vinha sem máscara e a mãe logo o repreendeu, alegou que a tirou na entrada da casa, ao que mãe retrucou:

— Se eu te vê sem máscara por aí...

Alberto sentiu um ar de contentamento em ver a consciência sanitária daquela mulher e pode entender um pouco o motivo de Kaiky ser uma pessoa tão educada e tão solicita. Terminou a sua refeição e agradeceu pela comida e pela conversa. Fez que ia se levantar para abrir espaço para o Maycon e evitar que os espaços entre as pessoas se reduzissem da distância mínima de um metro, mas Carmem insistiu que experimentasse uma canjica doce que fizera.

Depois do almoço e da sobremesa o Coronel chamou Kaiky para conversar, os dois já recompostos com suas máscaras foram até a pequena sala. Alberto relembrou sobre a sua descoberta na Pavuna e depois perguntou sobre a padariazinha. Kaiky insistiu que iria com o amigo atrás de Joana e falou que estava até vendo um local onde poderia colocar a padariazinha, mas que ainda faltava recursos para comprar todos os equipamentos necessários, que o dinheiro que tinha guardado com muito custo, mal dava para comprar o pequeno forno para assar os pães e que ainda faltaria para o balcão e para algumas prateleiras para expor os produtos.

Alberto então pediu que o mostrasse o local. Os dois amigos saíram pela favela e retornaram ao ponto onde Alberto havia visto um variado comércio. Kaiky apontou uma porta fechada e disse que ali teria como colocar a padariazinha. Era uma loja aparentemente pequena, mas, segundo o jovem empreendedor, era comprida e contava com banheiro e um espaço atrás que daria par instalar o forno e colocar a bancada para fazer a massa.

— Quanto ainda falta? – Perguntou Alberto.

— Nem sei. Teria que levantar todos os valores de equipamento, aluguel e material para trabalhar.

— Faça isso! Se eu achar que vale a pena o investimento, entro como sócio capitalista. Não vou fazer pão porque não sei, mas posso entrar nesse negócio com você.

— O senhor seria capaz? – Disse Kaiky, esquecendo a informalidade.

— Com uma condição!

— Qual?

— Que contrate sua mãe na padaria.

— Feito!

Os dois sócios subiram novamente a rua principal. Os olhares já não pareciam desconfiados, mas não deixavam de seguir aquele velho, branco, bem vestido que seguia com Kaiky. Até mesmo os rapazes da motocicleta passaram pelos dois, cumprimentaram o jovem e acenaram uma aceitação ao velho.

Kaiky não se continha em alegria e via a possibilidade de ter uma condição de vida muito melhor. Quem o visse naquele momento nem entenderia como conseguia manter por tanto tempo aquele sorriso. Ansiava chegar em casa e contar a sua mãe e queria já iniciar os procedimentos para estabelecer o seu comércio. Parecia uma daquelas crianças da década de 1980 que recebia uma bicicleta de presente de natal e ainda estávamos em junho.

Quando chegaram a casa, Kaiky foi de imediato relatar a mãe o acontecido, em resposta veio um pequeno grito de felicidade e uma disparada até a sala para agradecer a bondade do velho, que em nada se parecia com o Papai Noel. Ficaram ali alguns instantes tecendo planos para o novo empreendimento, mas Alberto também tinha outros planos.

Quando Carmem retornou aos seus afazeres, Alberto chamou Kaiky e perguntou se ele poderia ir até a Pavuna com ele. A resposta afirmativa imediata, veio acompanhada de um breve solilóquio mental. O empresário precisava se dedicar a ver os insumos necessários ao seu empreendimento.

Alberto percebeu a hesitação após a resposta afirmativa e intuiu o motivo e deste modo fez uma proposta:

— Durante esta semana vamos ver tudo para a instalação da padariazinha e na semana que vem, quando tudo estiver encaminhado vamos até a Pavuna. Pode ser?

Kaiky recuperou o sorriso e a ansiedade e concordou com o velho.

— Agora, Kaiky, preciso ir. Ainda vou passar no mercado, porque três dias sem sair de casa me deixou desabastecido.

Os dois caminharam até a entrada da favela e Kaiky ainda acompanhou o velho até próximo de onde estava a viatura da Polícia, ali se despediram, o jovem retornou e o coronel seguiu seu caminho. Quando ia passando pelo carro de polícia um dos policiais o chamou e perguntou se ele estava bem e se precisava de alguma coisa. O diálogo que se sucedeu foi revelador ao coronel:

— O senhor está bem? Precisa de algo? Alguém fez alguma coisa com o senhor?

— Estou bem sim e ninguém fez nada comigo. Mas por que este interesse?

— Nós vimos o senhor saindo daí e desconfiamos que poderia haver algo errado?

— Obrigado pela preocupação. Mas por que haveria algo errado?

— Talvez o senhor tivesse sido obrigado a vir aqui... Obrigado a dar algum dinheiro...

— Não! Vim apenas visitar um amigo.

— Estranho. Por que uma pessoa como o senhor tem um amigo aqui?

— Como assim, como eu?

— O senhor está bem vestido, é diferente, parece ter recursos. Isso está muito estranho!

— O senhor está levantando alguma suspeita sobre mim porque vim visitar um amigo aqui?

— O senhor não acha estranho?

Imediatamente o policial chamou o outro colega.

— Ô Costa, escuta esta história aqui, vê se não é estranho.

Antes que o policial Costa chegasse, o Coronel retrucou.

— Estranho é o seu comportamento enquanto policial, levantando suspeita sem qualquer indício, estranho é o seu comportamento militar, desrespeitando o código conduta...

Sacando a arma, o policial, com ela ameaçadoramente balançando em frente do impávido Coronel, falou

— O senhor quer fazer uma visitinha a delegacia por desacato?

Foi o tempo de o cabo Costa chegar. A patente tornou-se visível ao coronel assim que se aproximou.

— Boa tarde cabo, vou fazer apenas uma pergunta. O senhor vai dar voz de prisão ao seu subordinado ou e mesmo terei que fazer isso em relação aos dois?

A impavidez do corpo e a forma altiva e imperativa da fala de Alberto suscitou no cabo uma ponta de dúvida sobre o que devia fazer, mas o corporativismo o colocou ao lado do colega de farda. Mas a esta altura o Coronel já havia colocado a mão no bolso e capturado a identificação militar.

— O senhor está achando que é quem? Tá saindo da favela todo suspeito? Tava ali conversando com um negão e quer desacatar? Encosta no carro.

E, antes que o velho pudesse levantar a mão para se identificar, recebeu um empurrão que o jogou de encontro a viatura. A violência do ato causou um ferimento nos lábios do cidadão, que o fez sangrar. No entanto, o brusco movimento fez com que a identificação militar caísse no chão e o cabo imediatamente notou e cutucou o soldado que já ia para cima do velho com as algemas em punho.

— O senhor está querendo criar um problema para gente? Por que não se identificou? – Disse o cabo em tom áspero, que visava jogar para vítima a responsabilidade da violência sofrida.

— Eu não tenho obrigação de me identificar e vocês deveriam tratar todos os cidadãos igualmente. Nós agora vamos a delegacia.

Munido da identidade de Alberto e identificando a patente, o soldado desceu do salto de sua arrogância e tentou:

— Mas Coronel, o senhor vai arrumar um problema pra gente, só tamo fazendo nosso trabalho. O senhor há de concordar que estava muito suspeito.

— Não concordo com nada aqui. Devolva minha identificação. E eu quero o nome, número de matrícula e o Batalhão em que servem.

Aos policiais só restava torcer para que o Coronel não os denunciasse, até porque qualquer outra ação geraria mais problemas, porque àquela altura o número de pessoas que observava a situação era bem grande, eram muitas testemunhas.

Os policiais então atenderam as ordens do superior e entregaram a ele um papel do bloco de notas com as informações requeridas.

O Coronel virou às costas aos militares e quase foi aplaudido pela audiência, pelo enquadro que deu. Alguns gesticularam em anuência e outros mais ousados até foram capazes de dar "um tapinha" nas costas daquele senhor em aprovação pela atitude. O Coronel passou a ser pessoa bem quista na Tavares Bastos.

PAVUNA

No dia seguinte a ressaca moral do Coronel doía mais do que a boca do Alberto. O militar reformado sentia-se traído pelas suas convicções, ser ameaçado e agredido por policiais, que o colocaram como suspeito apenas por ter saído de uma favela e estar conversando com um homem negro fez o coronel revisitar as lembranças de momentos em que prontamente condenou mentalmente alguém como bandido baseado somente na palavra dos policiais que estavam na ação reportada.

Lembrou da menina morta em uma escola na região da Pavuna, que prontamente foi acusada de ter envolvimento com os bandidos. Lembrou que na época chegou a discutir com Ana Maria mostrando a "foto" da menina com um fuzil na mão e da insistência da esposa na defesa da estudante, mostrando que a foto real, entregue pela escola à imprensa, nem tinha traços de semelhança com a do fuzil.

Alberto agora tinha dúvidas e se via mais uma vez na condição de dar razão a esposa. Em uma vã tentativa de não se render, ligou o celular acionou o navegador e foi ao site de buscas... não sabia o que buscar. Não lembrava o nome da menina ou da escola, não lembrava nem a época, arriscou e colocou na barra de buscas — menina morta na escola da Pavuna.

Surpreendeu-se com o resultado que mostrava muitos casos semelhantes, mas a busca surtiu efeito e ele identificou o caso do assassinato da Maria Eduarda, estudante da Escola Municipal Daniel Piza, que estava no treinamento de Basquete, no projeto esportivo que a escola desenvolvia. Descobriu que não era na Pavuna e sim em Costa Barros ou Fazenda Botafogo. Foi direto na foto da menina e buscou na memória o comparativo com a do fuzil, já nem lembrava daquela foto, mas o fato do dia anterior fez com que reconhecesse que havia errado no seu julgamento na época.

Chorou brandamente pela sua falha de julgamento e por lembrar da sua Ana Maria. Olhava fixamente para a tela do celular, mas não a via ou não registrava o que estava ali, quando muito mesclava a foto da Maria Eduarda com a da sua Ana Maria e as lágrimas embotavam sua visão a ponto de não distinguir qualquer forma. Passou ali um longo tempo, não conseguia nem precisar o quanto ficou a olhar e chorar pela sua falha.

De repente o aparelho vibrou e como saísse de um transe, o Coronel recuperou os sentidos, colocou o celular sobre a mesa de centro, usou as mãos para espalhar as lágrimas e na ausência de um lenço, que já não tinha mais por hábito carregar, usou as mangas da camisa, em um gesto quase contorcionista, para secar os olhos e as maças do rosto. Retomou o aparelho e viu uma mensagem de Kaiky demonstrando preocupação com o que ocorrera no dia anterior.

O seu sócio lamentava não ter testemunhado o ocorrido e não ter podido ajudar e perguntava se estava bem. Rapidamente Alberto respondeu sem muito salamaleques linguísticos, afirmando que estava bem e que foi melhor que ele não estivesse por lá. Depois largou o celular e passou a pensar se ia até o Batalhão fazer a denúncia. Decidiu que sim, mas antes precisava ver com

Kaiky como iam fazer para comprar as máquinas e insumos da futura padariazinha.

Concluiu sua rotina matinal, foi a padaria mesmo sem o Kaiky para lhe atender e dali, depois de uma conversa com o sócio pelo WhatsApp, foi até o Batalhão da área. Identificou-se ao policial que estava na entrada e pediu para falar com o comandante. Foi recebido pelo também Coronel que comandava a unidade, que de pronto fez sinal de sentido respeitando hierarquia entre as forças. Alberto dispensou o cumprimento militar alegando que já estava reformado e ouviu a mesma frase dita pelo seu amigo no dia da motociata.

De imediato passou a relatar o fato ocorrido no dia anterior e afirmou que gostaria de protocolar uma ocorrência junto a corregedoria e acusar os dois policiais. O comandante tentou demovê-lo, alegando a complicada situação do Rio de Janeiro, o estresse dos policiais e por fim começou a ensaiar colocar a culpa no próprio coronel, quando foi interrompido pelo acusante com a ameaça de inclui-lo na denúncia se ele culpasse a vítima.

Registrada a denúncia na corregedoria, o velho voltou para casa com uma certa convicção de cumprimento do dever, mas também com um certo temor pelo que aquilo poderia representar de ameaça a sua vida.

Os dias foram se passando preenchidos pela rotina peculiar agora somada a algumas andanças com Kaiky em busca de fornecedores de máquinas e insumos. Por força dessa nova empreitada se viu obrigado ir duas vezes até a Tavares Bastos, viu ali os policiais, não os mesmos, mas os que ali estavam olhavam fixamente para o Coronel ou assim ele sentia. Na favela mesmo já não havia mais desconfiança. Ao contrário havia uma complacência, afinidades e empatia.

Ao fim daquela semana de prazo estipulado no dia que selaram a sociedade, as questões burocráticas da padariazinha estavam resolvidas. A loja alugada, as máquinas encomendadas, os fornecedores acordados e o compromisso entre os dois selados em cartório e no pedido de abertura de CNPJ junto à Receita, exigência do Coronel para continuar na sociedade.

Então Alberto cobrou ao amigo:

— Vamos à Pavuna?

Kaiky, que àquela altura era só felicidade por ver seu projeto se realizando, aceitou prontamente e combinou com o Coronel que na manhã seguinte, por volta das dez estaria na casa dele.

No dia seguinte, às dez em ponto, Kaiky foi anunciado no interfone. Alberto, que já tinha cumprido toda sua rotina matinal, desta vez sem ir à padaria, pediu que ele o esperasse na garagem. De imediato tomou o elevador e chegou ao andar em que Kaiky o esperava.

Àquela altura os óculos novos de Alberto já haviam chegado, mas, mesmo assim, pediu que Kaiky dirigisse para que ele ficasse como navegador. O coronel, então, abriu o aplicativo GPS e atribuiu o endereço coletado na antiga lista telefônica. Rota traçada, os dois entraram no carro e foram normalmente seguindo o caminho que passava pela linda orla do Aterro do Flamengo, passando pelo túnel Marcelo Alencar, ganhando a Rodrigues Alves e depois a Avenida Brasil.

A partir desta via expressa o caminho seria fácil, principalmente contando com a ajuda do navegador eletrônico, mas no momento que Kaiky tinha que virar a direita rumo a Pavuna, ali em frente ao Ceasa, estava na pista da esquerda e bloqueado por um caminhão, que trafegava na mesma velocidade que eles. O aplicativo recalculou a rota, mas outras entradas foram descartadas pelo medo de se estar entrando em uma favela.

Entraram então na Rua Prefeito Sá Lessa, uma rua com algumas instalações industriais, que lhes pareceu segura. O que Alberto não sabia é que a escola onde a menina Maria Eduarda tinha sido assassinada ficava ali mesmo, mas já no trecho em que a Favela da Pedreira despontava. Seguiram até o cruzamento e ali tinham a opção de virar a esquerda, a direita ou ir em frente, o GPS neste momento foi ignorado solenemente pelo medo que tinha de serem levados ao perigo. Perguntaram a um passante o melhor caminho e ele disse "vai reto" com o braço apontando para o caminho a esquerda, no entanto, nem Kaiky e nem o coronel foram capazes de ver a sinalização não verbal e registraram apenas o que falara aquele homem.

Seguiram o caminho conforme indicado pela fala, mas logo perceberam que tinham entrado em uma comunidade. Kaiky, embora vivesse na Tavares Bastos, única favela sem controle do crime organizado no Rio de Janeiro, conhecia bem a geografia das facções, um conhecimento que pode garantir a sobrevivência. Os dois perceberam um rapaz com radinho entre algumas construções irregulares na calçada, atrás destas construções havia prédios relativamente novos, que pareciam ser de um projeto habitacional e subindo o olhar, atrás dos prédios, a favela ganhava imponência com sua típica arquitetura subindo o morro.

Os dois cogitaram voltar, mas seguiram até um pequeno trevo, ali pararam. Estavam do lado de uma escola, a Daniel Piza, Kaiky não tinha ideia do que aquele espaço significava, mas o Coronel, lembrado pela pesquisa recente, sabia onde estava e em um pensamento muito rápido sugeriu a Kaiky que entrasse no estacionamento da escola que estava com o portão aberto. Lembrara que Ana Maria falava que os criminosos não importunavam os trabalhadores da sua escola e preferiu se disfarçar.

Estacionaram, saíram do carro, caminharam até o pátio onde foram interpelados por um funcionário:

— Bom dia! O que desejam?

O Coronel se adiantou a Kaiky e esclareceu por que entraram ali. Em seguida o funcionário que se apresentara como Luís perguntou se queriam aguardar um pouco ali no pátio. Disse ainda que em mais ou menos 40 minutos alguns professores iriam sair, pois terminaria o turno da manhã e eles poderiam sair juntos. Os visitantes aceitaram o convite, não sem despertar o interesse de outros funcionários que olhavam a dupla com curiosidade.

Os dois homens se sentaram ali em um banco no pátio, algumas crianças e adolescentes faziam algum barulho nos andares de cima, que incomodavam o Coronel, que lembrava da condição submissa e respeitosa dos estudantes da sua época. Kaiky por sua vez, fazia pouco caso do zoada e apenas mantinha-se em alerta.

Uma outra funcionária, aparentemente da secretaria da escola, veio perguntar se precisam de algo, se queriam alguma declaração, se eram responsáveis por algum aluno, ou se queriam falar com o diretor. Para todas as perguntas recebeu uma negativa e assim como o funcionário Luís, recebeu um breve resumo da situação.

Foi além, então.

— Vocês querem uma água, ir ao...? Interrompendo a fala para questionar um aluno que ia sem máscara pelo pátio.

— Desculpe, se não ficar em cima daqui a pouco tá todo mundo com spikevirus aqui. Querem ir ao banheiro? O masculino é logo ali depois da rampa.

Os interlocutores agradeceram à Tânia. Nome que descobriram porque os poucos alunos que ali passavam a chamavam com constância, as vezes só para incomodá-la. Mas Alberto quis estender a conversa e disse:

— Posso te fazer uma pergunta? Se não quiseres responder fique à vontade.

Um tanto ressabiada, a funcionária assentiu com a cabeça, mas deixou claro no olhar que não admitiria qualquer tipo de intimidades.

— Foi aqui que há alguns anos foi assassinada uma estudante?
— Sim, a Maria Eduarda.

Respondeu Tânia enfatizando o nome da estudante para que ela seja sempre humanizada e nunca apenas mais um número. E na sequência da resposta indicou algumas homenagens a estudante na escola e na comunidade. Em frente ao portão da escola um grafite com o rosto e o sorriso da Duda e na quadra onde treinava basquete outra imagem.

O coronel e Kaiky que acompanhavam Tânia pelo pequeno tour, questionaram uma obra inacabada na quadra e a resposta era simples, prometeram a obra depois da morte da Duda, iniciaram e nunca acabaram e agora não temos nem quadra e nem o ginásio prometido e completou.

— E aqui, os professores de Educação Física fazem um trabalho muito bom, já conseguimos muitas bolsas de estudo para alunos em escolas particulares, mas agora tá muito difícil. Quando são autorizados levam as meninas e meninos para treinar na Vila Olímpica.

— Que lástima! Exclamou Alberto.

Ao que Kaiky completou:

— Queria eu ter uma chance dessas na minha época. Eu era bom de basquete, Coronel!

— Coronel? Não repete isso aqui não, por favor! Falou a funcionária, revelando com as expressões o risco que uma patente militar pode representar por ali.

Kaiky se penitenciou silenciosamente e pediu desculpas. Alberto, por sua, manteve-se impávido, mas em pensamento condenava o arroubo do sócio, principalmente porque pedira que o chamasse informalmente. Talvez agora aprenda! Pensou.

Mas a curiosidade de Alberto não estava saciada.

— E a Maria Eduarda, como era?

— Era uma boa menina, muito simpática e todo mundo gostava dela, uma excelente atleta.

Tânia não mentira, a Duda era realmente assim, não era exagero para identificar uma pessoa que já morreu. Ela era bem espevitada, mas era também muito boa, solicita e líder do time da escola e sua melhor jogadora, como estudante das disciplinas acadêmicas era de razoável para boa e havia melhorado sistematicamente depois que se envolvera no projeto esportivo.

Alberto se penitenciava pelos arroubos e acusações que fizera a menina à época de sua morte, via que suas convicções o levaram a ter interpretações muito equivocadas e os fatos dos últimos dias estavam levando a reflexões que nunca tivera.

A conversa acabou por levar o tempo de saída do primeiro turno escolar e Alberto e Kaiky precisavam ir aproveitando a saída de alguns professores. Pediram orientações para a Tânia sobre o melhor caminho a seguir. Ela então sugeriu que seguissem o professor Ronald até a antiga Rio do Pau e lá virassem a direita, pois o professor iria para a esquerda.

Seguiram as orientações e logo depois chegaram ao endereço obtido na antiga lista telefônica.

— Aqui mora dona Joana? Perguntou Kaiky a um menino que estava do lado de dentro do portão de folha de flandres em grade com desenhos em losango na parte superior, finalizado por um ornato em "S" deitado no topo da peça.

De imediato e sem responder aos visitantes, o garoto gritou virando-se para o interior da casa:

— Vó, tem um cara preto e um senhor aqui querendo falar com você.

A frase inocente da criança fez Alberto novamente pensar em uma das conversas crispadas que teve com Ana Maria. Ela, em determinada ocasião, fez um comentário sobre uma notícia da TV afirmando que aquilo era "racismo estrutural". Na época Alberto questionou afirmando que tudo era racismo, machismo, homofobia, que não se podia dizer mais nada...

Mas ao ouvir na voz da criança a diferença de tratamento, "preto" e "senhor", sentiu um incômodo. Aquilo não fora capaz de mudar sua opinião, mas sentiu um incômodo...

Enquanto Alberto pensava, a irmã de Maria Conceição chegou. O tempo a castigou, não tinha nada daquele viço jovem que se lembrava o Coronel, era sim uma velha, que aparentava muito mais idade do que tinha. Os sulcos no rosto em grande profusão, o cabelo bem branco e desalinhado, um aspecto sofrido e uma postura curvada, como se carregasse grande peso às costas. O coronel comparou-a a si e sentiu dó, já que carregava ao menos 7 anos a mais que aquela velha.

— Boa tarde dona Joana! Antecipou-se Alberto.

— Boa! O senhor quer falar comigo? É sobre o que?

Perguntou demonstrando também não o ter reconhecido.

— Sou Alberto, nos falamos outro dia pelo telefone.

Amentando o tom da voz, usando uma potência que já não parecia ter, retrucou.

— Achei que tinha deixado claro que não queria falar com o senhor. Vocês fizeram minha irmã sofrer muito, seus meganhas filhos da puta.

Há muito o Coronel não era chamado de meganha e até riu em pensamento, mas externamente manteve o ar dócil e complacente e tentou dissuadir a mulher a ir em embora.

— Pois é, dona Joana estamos aqui para reconhecer o erro do Estado e do Exército. Precisamos falar com sua irmã, ela tem direito a uma indenização.

A mentira foi a única alternativa que Alberto encontrou em seu acervo mental. Afinal, não sairia dali sem a informação que manteria o seu plano em tração. Kaiky chegou a olhar para Alberto com uma face de dúvida e desaprovação, mas o Coronel manteve a linha.

A palavra "indenização" fez Joana recuar do passo que já dava em direção a porta.

— Então quer dizer que tem dinheiro?

— Sim, mas para isso temos que encontrá-la.

— O senhor não tá mentindo pra mim? Porque vocês são tudo safado, canalha mesmo.

— Dona Joana, só fizemos o que acreditávamos ser o certo e agora também. Queremos apenas reparar o erro.

Kaiky não aprovava aquela linha de ação do seu sócio. Para ele fazer o certo mentindo era o mesmo que fazer o errado. Seu caráter forjado pela mãe e pelo pai muito ciosos da verdade e da honestidade não compactuava, mas também resolveu não intervir para não melindrar Alberto.

Joana pediu que eles esperassem lá fora, que ela já voltava. Entrou na casa e demorou aproximadamente 10 minutos. Por sorte dos visitantes era final de outono e, apesar do sol, não fazia muito calor. Mas a ansiedade do Coronel fez aqueles 10 minutos parecerem horas.

Neste meio tempo Kaiky falou algo ao ouvido de Alberto enquanto era observado pelo neto da velha. O Coronel sorriu, pediu desculpas e disse que em algumas circunstâncias o fim justifica os meios. Mas o seu sócio não demonstrou aceitar o argumento...

Joana retornou com um papel na mão direita e disse que a irmã havia autorizado passar seu endereço ao Coronel, mas ela disse que sabia que "o negócio da indenização era mentira".

— De qualquer forma... Seu Alberto, né? De qualquer forma ela mandou te dar o endereço. Só te digo que ela mora longe, tá?

Após a frase dita com alguma indignação por ter sido enredada em uma mentira capciosa, Joana entregou o papel com um endereço que dizia que a sua irmã morava em Bocaina de Minas, divisa com Visconde Mauá, na Estrada do Alcantilado.

Alberto conhecia a região, já tinha passeado por lá com a sua Ana Maria. Lembrou-se até de Marco Aurélio vencendo o medo e descendo na cachoeira do escorrega, para o desespero da mãe.

De volta dos seus pensamentos, Alberto agradeceu, fez um breve cumprimento, Kaiky fez o mesmo e rumaram ao carro para fazer percurso de volta, mas agora seguiriam outro caminho, passando pela Linha Vermelha.

BOCAINA DE MINAS

Alguns dias se passaram do encontro com Joana e nesse meio tempo Kaiky dedicava-se às pequenas obras para fazer a padariazinha começar a funcionar. Suas férias estavam no fim e em breve teria que retornar ao trabalho e se não conseguisse colocar tudo em funcionamento, não poderia se demitir do antigo emprego.

Alberto fez algumas visitas ao novo empreendimento, que acabou fazendo parte da rotina semanal desde que propôs a sociedade, mas não ia todos os dias à Tavares Bastos, passou a incorporar também à sua rotina pequenos passeios culturais a alguns espaços abertos que começavam a reabrir com público reduzido. Foi ao Jardim Botânico para visitar o orquidário; ao pátio da Biblioteca Nacional assistir uma palestra sobre Clarice Lispector, em homenagem aos seus cem anos; passeou pelo Parque Lage; tomava café no Museu da República, mas não deixava de pensar no plano.

Em uma visita a padariazinha Alberto sondou Kaiky perguntando quando terminaria suas férias. O sócio, que estava a virar massa de cimento, assentar tijolos, fazer emboço e pintar, de supetão respondeu "na próxima segunda, preciso acabar isso rápido". O velho, então, pegou o telefone, abriu a agenda e tocou um nome ali. Era o telefone de um antigo soldado que fez alguns serviços para ele lá no apartamento e que, pela lembrança, trabalhava com empreitadas. O velho se afastou para Kaiky não ouvir a conversa e após os sinais de que estava "chamando" ouviu a voz do antigo subordinado.

— Alô! Coronel? O que manda?

— Oi Silveira, tudo bem com você?

— Tudo tranquilo, Coronel.

— Silveira, tu ainda está trabalhando com obras?

— Depois que dei baixa é só o que faço. Montei uma equipezinha e agora comando meu exército. – Completando a frase com uma larga risada ao fim.

— Silveira, o negócio é o seguinte, entrei de sócio em uma padaria aqui na Tavares Bastos e estou precisando acabar a obra até domingo, você tem um pessoal para mandar pra cá. Nós já começamos. O meu sócio estava fazendo sozinho, mas precisamos fazer uma viagem de negócios e precisamos também terminar.

— É coisa grande, Coronel? Tem projeto?

— Não, Silveira. É coisa pouca e o projeto tá num papel ofício aqui.

— Coronel, manda a localização que eu estou aqui em Botafogo, dando umas orientações para os rapazes numa obra num apartamento aqui e já, já passo aí.

Depois das despedidas Alberto pediu ajuda a Kaiky e mandou a localização para o Silveira.

Kaiky chegou a questionar por que estava mandando o endereço da padariazinha para alguém, mas o Coronel disfarçou e Kaiky desistiu de insistir, já que estava muito atarefado.

Uma hora depois, mais ou menos, Silveira apareceu. Alberto o apresentou a Kaiky e depois passou a mostrar o que ainda faltava fazer. Kaiky não estava entendendo nada, mas também não se opôs e foi acompanhando o visitante e ajudando nas dúvidas sobre o "projeto". Ao fim, Silveira disse ao Coronel:

— Posso mandar três meninos praqui amanhã. Hoje é quarta... – Interrompeu a fala, pareceu fazer uns cálculos em pensamento e completou:

— Dá para entregar no sábado e custo com o material que ainda falta comprar é esse aqui. – Completou entregando um papel com um valor ao antigo superior.

Alberto ainda pechinchou o preço, alegou que já tinham o grosso do material, mas percebendo a vontade e a urgência do cliente, Silveira não cedeu muito e apenas disse que se não precisassem de mais material reduziria o valor em 10%. O Coronel aceitou. Os dois amigos então se despediram, esperando o encontro do dia seguinte.

— Alberto o que foi isso? – Perguntou Kaiky

— Você está de férias e precisa descansar e, no mais, temos uma viagem para fazer. Então arrume uma bolsa com algumas roupas de frio, vamos a Visconde de Mauá. Ah coloque também um short de banho, se tiveres coragem de encarar a água gelada, lá tem umas cachoeiras legais.

Kaiky entre perplexo e animado nem tentou demover o sócio de tal peripécia. Naquela altura já intuía que o objetivo do Coronel de encontrar aquelas pessoas não era para se desculpar ou coisa assim, mas também não questionava. E em nada faria mal conhecer outro lugar fora da cidade do Rio, afinal a única viagem que Kaiky havia feito foi quando tinha lá seus dez anos e foi a Natal visitar uns parentes de seu pai. Uma viagem muito legal, pois, foi a única vez que andou de avião e lembra-se que seu pai dividiu as passagens em muitas vezes no cartão de crédito. Mas na volta foram 48 horas de ônibus.

O jovem sócio interrompeu o trabalho, guardou as ferramentas e juntamente com o velho foram até sua casa. Tomaram um café e Alberto determinou:

— Arrume tua bolsa, esteja pronto, que assim que o Silveira chegar aqui com a equipe a gente parte para Visconde.

Criando coragem, Kaiky quis saber mais

— Seu Alberto, você não acha que é muita despesa só pra encontrar essas pessoas? Por que me levar? O que o senhor quer com essas pessoas, afinal?

— Meu caro, tenho grandes propósitos e prometo que vou lhe contar tudo, mas primeiro quero ver se isso vai dar certo. Na volta da viagem, se essas pessoas aceitarem o que vou propor a eles eu te conto tudo e aí você vai me dizer se quer participar ou não.

— É ilegal? Tô fora!

— Primeiro curta a viagem, ouça meus motivos e depois me responda. De toda forma, somos amigos e sócios, mesmo que não queira participar do meu plano.

Kaiky não retrucou, os dois então se despediram. Alberto foi para casa, com a combinação de que às 7:00 da manhã estaria na porta da padariazinha para encontrar Silveira e sua equipe, além do sócio.

A ansiedade dos sócios era gigantesca, mas por motivos diferentes. Alberto via seu plano avançar e se empolgava com a oportunidade de finalmente montar seu esquadrão. Já Kaiky empolgava-se com o trabalho profissional que ia ser feito na padariazinha, também por conhecer um lugar, que em situação normal, não teria oportunidade. Às 6:30 os dois sócios já estavam em frente a padariazinha, o mais novo munido de uma pequena e surrada bolsa de viagem e o Coronel demonstrando sua inquietação pela demora de Silveira, mesmo que o relógio ainda não marcasse 7:00.

Silveira chegou, as últimas orientações e as últimas combinações foram feitas e às 7:16 os dois sócios já estavam no carro a caminho de Visconde de Mauá. Duas horas após o início da jornada, com Kaiky ao volante e o Coronel de navegador, eles saiam da Dutra em direção a Penedo. Quando o carro alcançou o trevo, Kaiky desacelerou para olhar o portal à esquerda. Alberto percebendo o interesse e encanto do rapaz, sugeriu que ele encostasse o carro que dali seguiria dirigindo para que Kaiky pudesse se deliciar com a paisagem e completou sugerindo um almoço em Penedo quando retornassem.

Subiram a serra, passaram pela entrada do Alambari seguiram a bonita e sinuosa trilha até alcançar o topo. Alberto, percebendo o entusiasmo do companheiro de viagem, resolveu parar no mirante para apreciarem a vista. Ficaram ali por algum tempo apreciando a linda composição de Mata Atlântica que cobria todos os recortes do conjunto da Serra da Mantiqueira. Alberto arriscou ao apontar o Parque Nacional de Itatiaia, que realmente fica na região, mas a direção apontada não condizia com os limites da área protegida, mas Kaiky nem tomou conta do equívoco, pois, sem conhecer a região, deu a informação como certa.

Retomaram o rumo e chegaram à Vila de Visconde de Mauá. Contornaram o campo de futebol e seguiram na RJ 151 em direção a Maringá e Maromba, mas antes de chegarem nestes vilarejos, o Coronel virou à direita, cruzou o Rio Preto por uma ponte e logo entrou no Hotel da Inês. Pelas pesquisas que havia feito era um modesto, mas bom hotel e tinha um café da manhã elogiadíssimo. Acomodaram-se em seus quartos, mas não permaneceram muito tempo. Kaiky tinha pressa em conhecer tudo e o Coronel queria logo encontrar seus futuros cumplices.

Alberto precisava se livrar de Kaiky para que pudesse encontrar Maria e "Moacir" a sós. Sem ideia de como fazer isso, sugeriu que fossem dar uma caminhada até o vilarejo. No meio do caminho, ainda no lado mineiro, viu um estabelecimento oferecendo passeios às cachoeiras e resolveu entrar e ali teve sua ideia. Havia um passeio de quadriciclo e Alberto sugeriu que o sócio fizesse as trilhas com o guia. Kaiky se empolgou, parecia uma criança ganhando o presente de natal desejado, mas ele insistiu que o Coronel fosse junto. Pensando no plano, Alberto se esquivou e o jovem se deu por vencido rapidamente, desejoso da aventura.

Kaiky saiu com o guia para um lado e o Coronel saiu para o outro, andando em passo rápido rumo ao Hotel, onde pegou o carro e partiu para o Alcantilado. Tomou novamente a RJ 151, em direção de Visconde de Mauá e em meio caminho virou a esquerda seguindo a orientação de uma placa que indicava "Alcantilado". Passou novamente ao lado mineiro e logo virou à direita, dirigiu por cerca de 2 quilômetros e viu um acesso de garagem com o número indicado no papel que recebeu de Joana.

Não o esperavam, mas o portão da garagem estava aberto para uma rampa íngreme, a casa em formato de chalé, em tijolinhos e madeira, ficava uns oito metros acima do nível da estrada. Alberto procurou um lugar para parar, mas em qualquer posição deixaria o carro exposto a um acidente, pois, a rua era estreita e a casa ficava após uma curva, que tirava a visão de quem vinha na sua mesma direção. Mesmo sem convite adentrou à garagem, subiu a rampa e parou atrás de uma antiga Parati que estava na parte plana ao fim da rampa.

Saiu do carro fazendo muito barulho com o bater da porta, como se anunciasse sua chegada, mas nenhum humano veio receber, apenas um vira-lata pequeno de cor caramelo veio cheirá-lo. Terminou de subir a pequena rampa, já ouvindo uma música ainda sem poder identificá-la, mesmo que o volume fosse alto. Viu uma escada que levava a uma varanda. Ao pé da escada começou a chamar os de casa. Mas veio de trás dele a voz esperada:

— Oi! O senhor deseja algo?

Era uma mulher que o rosto indicava alguma familiaridade, mas em nada mais se parecia com aquela jovem mãe. De certo, o tempo foi muito mais generoso com ela do que com a irmã, Maria da Conceição, que os conhecidos chamavam de Ceiça, era uma senhora sexagenária, mas com um ar altivo, ostentava alguns quilos a mais do que seria indicado por um médico ou nutricionista, mas era exatamente a corpulência que dava a ela o ar de jovialidade. Os cabelos brancos acinzentados vinham na altura dos ombros em cachos muito bem delineados emoldurando o rosto redondo com olhos brilhantes em castanho.

O Coronel lembrava que a mulher era mais nova que ele uns dez anos, mas tendo a medida da irmã, se surpreendeu com a jovialidade. Certamente deixou transparecer a surpresa, mas a mulher entendeu o susto como consequência da aproximação fortuita que fez.

— Oi dona Maria! Lembra-se de mim? Alberto.

Surpresa com a visita, mesmo tendo-a autorizado, respondeu com uma expressão mais fechada e séria do que tinha até então.

— Lembro sim! Não acreditei que o senhor viesse mesmo. Só autorizei por curiosidade. Para saber por que o senhor nos procura.

Ao fim da frase e mesmo antes de qualquer manifestação do Coronel, a mulher gritou para cima chamando o Geraldo, que respondeu preguiçosamente: "já vou minha Rosa".

Antes que o homem chegasse, agora sabendo o nome de todos os seus possíveis cumplices, Alberto perguntou se poderiam conversar. Ceiça imaginando outro assunto, que talvez envolvesse um pedido de desculpas, ou curiosidade sobre a sua filha, ou qualquer outro tipo de curiosidade sobre os antigos guerrilheiros, concordou e apontou a escada.

Maria da Conceição ainda guardava sobre o Coronel algum tipo de agradecimento por ter amparado sua filha após a agressão do soldado e por tê-la entregado a sua irmã, mas Geraldo, que a época era Moacir, não tinha o mesmo sentimento. Aquele homem, que hoje já não ostentava mais aquela barba cheia e negra, substituída agora por uns fios brancos e cinzas espetados, revelando um certo desleixo com o afeitar diário. Mas preservava os cabelos longos amarrados em um rabo de cavalo como uma crina igualmente branca e cinza. O rosto revelava a idade de 68 e nada mais ou menos para quem arriscasse advinha-la.

Geraldo esperava no alto da escada com certo ar de descontentamento e sinalizando que não gostara de ter a paz vilipendiada por aquele homem. Mas concordou em o receber em respeito a decisão da sua Rosa. Quando o visitante já estava ao alcance da voz proferiu um bom dia protocolar, deu um passo ao lado, abrindo passagem aos escaladores e todos entraram na pequena saleta continua a uma cozinha nos moldes que se diria "americano". Ao visitante foi oferecida uma poltrona e nada mais e os donos da casa se acomodaram no sofá oposto a poltrona.

— Sei que estão achando estranho a minha presença aqui e talvez nem a queiram, mas eu precisava vir e encarar meus próprios fantasmas. – Iniciou a conversa o Coronel, tergiversando e propondo um assunto que ia bem longe das suas reais intenções.

— Coronel...

— Por favor, Alberto!

— Como ia dizendo ... Coronel, quando minha irmã me ligou dizendo que o senhor nos procurava, muita coisa passou pela minha cabeça e a primeira pergunta que me fiz foi: Por que este homem está nos procurando tanto tempo depois e exatamente agora que o país passa por um período de ameaça à democracia? Será que este governo está reagrupando o antigo SNI para bisbilhotar a vida dos cidadãos? Então, coronel, adianto ao senhor que desde quando nos aposentamos do magistério, há 10 anos, não temos mais qualquer participação política. Nos refugiamos nessa casinha longe do mundo para criar galinhas em contato com a natureza...

Interrompendo a interlocutora e sem nenhum pudor ou medo de que a revelação poderia lhe colocar em perigo, Alberto disse rapidamente e de forma ansiosa.

— Eu quero matar o presidente e preciso da ajuda de vocês.

A frase causou um efeito esperado e todos padeceram em silêncio por um tempo que pareceu uma eternidade. Todos se olhavam e buscavam processar a informação posta à mesa. Foi Geraldo o responsável por romper a aura silenciosa instalada.

— Isso é uma armadilha, Ceiça. Eu te avisei que não deveríamos receber esse tipo em casa. Esse homem deve estar a serviço deste presidente maldito e querendo nos colocar em enrascada.

Alberto teve duas certezas ao ouvir a fala do antigo Moacir: a primeira que seria difícil convencê-los da sua firmeza de propósito e a segunda é que estava no lugar certo, aquelas pessoas mantiveram suas convicções ao longo desses muitos anos. E por isso arriscou interpelar.

— Antes que me mandem embora, e eu entenderia e não ficaria de nenhuma forma ofendido, preciso contar uma história para vocês e ao fim, se julgarem que não sou digno da confiança, vou-me e não volto a importunar.

Ao fim da frase, o Coronel, tratou de contar toda a história e não escondeu nem o fato de ter organizado a campanha e apoiado o atual presidente, contou sua relação negacionista com o spikevirus, as manifestações que ia sem máscara, a contaminação e morte de sua Ana Maria e, por fim, a conversa reveladora com o presidente no pátio do Museu da República e a epifania que deu a ele o seu novo propósito de vida.

Os anfitriões deram uma atenção desconfiada a história e ao fim dela ficaram confusos. O encontro com o presidente e a verossímil conversa entre ele e Alberto suscitaram uma ponta de dúvida nos dois ex-militantes e eles mesmos lembraram como entraram na luta armada e sabiam que uma situação limite como a morte da esposa de Alberto poderia realmente levar a uma mudança de comportamento. Por outro lado, sabiam que ali estava um militar e que estes meganhas usavam de todas as artimanhas para atingir seus objetivos.

Mais uma vez a Ceiça pegou para si a palavra e disse:

— Coronel, como havia antecipado ao senhor, não militamos mais em partidos, organizações ou sindicatos. Há dez anos que nossa vida é viver na natureza, produzir um pouco de mel e jogar milho para as galinhas. Se é verdade que o senhor pretende mesmo fazer o que diz, só nos resta desejar sorte, pois, livraria o Brasil de um grande mal. Mas nós já somos velhos e só queremos terminar nossas vidas em paz.

A frustração de Alberto com aquela fala final era muito evidente. Todo o seu plano foi por água abaixo. Seu rosto evidenciava o fracasso de propósito e revelava vincos na pele que não se nota normalmente. No entanto, permaneceu ali imóvel, com se esperasse uma reviravolta, como ocorrem nos filmes de suspense, mas ela não veio.

Os anfitriões se levantaram a um tempo, o que pareceu indicar que a conversa tinha acabado e o Coronel entendeu o sinal.

Também se levantou, agradeceu a conversa e em um último lance de jogo ofereceu a Geraldo um papel em que previamente tinha anotado seu número de celular. Geraldo aceitou com certa repulsa, chegando a amassar o papel em uma das mãos, mas o reteve e não foi descortês a ponto de descartar ali, na frente do "convidado".

O coronel encaminhou para porta, chegou a esboçar um diálogo, rechaçado com um sinal por Ceiça. Foi-se pelas escadas até o carro e a partir dali pela estrada de chão até o Hotel da Inês. Passou pelo seu Marcelo, dono do Hotel, mas foi logo para o quarto a ruminar sua frustração.

Kaiky só chegou cerca de duas horas depois, empolgadíssimo com o passeio. Bateu à porta do quarto de Alberto e foi todo agradecimento pelo passeio proporcionado. O Coronel vendo a empolgação do rapaz até esqueceu um pouco o ocaso do seu plano e animou de ir até ao pequeno vilarejo de Maringá para almoçar. Naquela altura da tarde os dois sócios já estavam com os estômagos a reclamar, embora não tivessem notado, um pela empolgação e o outro pela tristeza.

Durante o almoço Alberto revelou que havia procurado aquelas pessoas de quem viera atrás, mas que o encontro não havia saído como imaginava. Kaiky quis saber se ele foi maltratado, o que foi negado pelo velho. Mas a imagem da tristeza retratada na face de Alberto revelava para o mais moço que algo estava errado, mas respeitou o espaço do sócio e não insistiu no tema, ao contrário preferiu tentar alegrar a conversa contando sobre os lugares onde havia estado e as trilhas por onde passou. Alguns dos nomes de lugares, principalmente das cachoeiras, Alberto já conhecia. Escorrega, Santa Clara, a Fábrica de chocolates etc.

Kaiky insistiu para que Alberto fosse até esses lugares e nos dias seguintes a programação foi toda dedicada a esses passeios.

Foram novamente na Escorrega, lá Kaiky abusou de descer naquela pedra lisa, dali foram a Santa Clara, a uma outra de onde Kaiky saltou de uma pedra para temor de Alberto. No dia seguinte foram até o Alcantilado, os dois amigos subiram até o topo da trilha e admiraram a cachoeira que muito faz jus ao nome. Já no último dia de estada foram para o lado da Ponte dos Cachorros deram uma olhada nas cachoeiras, mas resolveram aceitar a indicação do dono do hotel e foram até Mirantão.

Quando estavam lá, Kaiky na água e Alberto em um restaurante local saboreando uma deliciosa truta, o celular do coronel vibrou. Ele até se surpreendeu, já que o sinal de internet é muito intermitente na região. Ele olhou para a tela do aparelho e era uma mensagem de um emissor não registrado na sua agenda com o DDD 24. Ficou curioso e quando abriu a mensagem era de Ceiça. No pequeno texto ela informava que mandava mensagem sem que o marido soubesse e sugeria que o Coronel procurasse sua neta Tatiana. No post seguinte enviava um endereço em Nova Iguaçu, com o recado final: "avisarei a ela que vai procurar" (sic).

Ao guardar o celular no bolso da bermuda o rosto de Alberto já mandava outra mensagem a quem o visse. Naquele momento retomava o seu plano, mesmo que a equipe originalmente pensada não fosse possível compor.

Kaiky saiu da água, acompanhou o coronel na refeição que já estava sobre a mesa e dali os dois retornaram ao hotel fecharam as contas e rumaram de volta ao Catete.

No meio da viagem de retorno, quando passavam por Barra Mansa, o papo ia animado, mas o Coronel mudou repentinamente o rumo da conversa.

— Kaiky, quando estávamos indo, falei para você que eu tinha outro objetivo nesta viagem que quando a gente voltasse iria te falar. Falei também que nossa amizade e sociedade independe da sua participação no meu plano.

Em silêncio, o motorista fitou o passageiro com uma expressão que misturava a curiosidade com a vontade de não querer saber, mas ignorando qualquer reação ou vontade do seu interlocutor, Alberto continuou:

— Você sabe que minha mulher morreu com esse spikeirus, né? E fui eu quem passou pra ela depois que fui numa manifestação em apoio ao presidente. Me culpo muito por isso, mas sempre achei que o Brasil não podia ir parar nas mãos daquela esquerdalha de novo e por isso continuava apoiando o presidente.

Kaiky não estava entendendo bem o motivo daquela história. Mas o coronel continuou.

— A Ana fez um ano de morta dia desses e antes disso eu tive com o presidente...

— O que?

— Fomos contemporâneos na Academia, eu servia lá já como oficial e ele era cadete.

— Sério?

— Pois é. No dia da tal conversa ele desdenhou da morte da minha Ana e ainda mandou eu procurar umas garotinhas novas por aí e aproveitar. Cara, o ódio me subiu e a vontade que tive era de esmurrar aquele tipo.

— O senhor não fez isso, né?

— Não, meu filho! Mas a vontade era essa e desde este dia que venho construindo um plano e foi por causa deste plano que eu vim visitar essas pessoas.

— Não Entendi!

— Lembra quando contei a história de como conheci essas pessoas?

— Sim.

— Lembra que eram guerrilheiros?

— Sim.

— Então, queria a ajuda deles para levar meu plano a frente.

— Que plano Alberto?

— Matar o presidente.

Fez-se um silêncio no carro. Kaiky processava a informação e não sabia o que dizer e não podia, ao mesmo tempo, permitir que o amigo cometesse tal sandice. Alberto esperava paciente uma resposta ou qualquer sinal do companheiro de viagem. A densidade do ar dentro do carro era tão espessa que era possível cortar em pedaços. O silêncio permaneceu por muitos quilômetros, até que Kaiky se pronunciou.

— O senhor está louco? Já viu quantos seguranças tem o presidente? Os caras têm drones, atirador de elite, colete, são capazes de saber o que você pensa antes de pensar.

— É por isso que eu precisava de um esquadrão que tivesse experiência e não tivesse muito a perder.

— Por isso uma equipe de velhos?

— Isso. Mas eles não toparam.

— Graças a Deus! Espero que você também desista.

— Não vou desistir e só peço que este seja o nosso segredo.

— Coronel, não falarei isso nem para o espelho, até porque nem ele acreditaria. Mas peço que o senhor reconsidere. Agora temos a nossa padariazinha. Eu preciso do senhor. Você é meu amigo. – Concluiu Kaiky, mais uma vez misturando a formalidade e informalidade no tratamento ao Coronel.

Alberto refletiu sobre aquelas palavras e perdeu qualquer esperança de que o amigo fizesse parte do seu esquadrão. Ficou ali absorto nos próprios pensamentos e por alguns segundos pensou em como seria a neta de Ceiça e porque ela a tinha indicado para ele. Chegou inclusive a pensar que se tratava de uma criança, quando pensou na idade dos seus e fez uma regra de três mental colocando em proporção a idade de Ceiça e a sua própria.

O restante da viagem transcorreu em silêncio, salvo algumas poucas palavras sobre as curvas da Serra da Araras, o pedágio e a placa de sinalização que indicava Nova Iguaçu. Neste momento Alberto perguntou se o seu amigo conhecia a cidade e com a negativa o silêncio reinou novamente.

TATIANA

    Os dias seguintes a viagem trouxe a Alberto uma certa ressaca moral e o sério questionamento sobre seu propósito de vida inventado depois daquela conversa com o presidente. Lembrou que não dedicou ao aniversário de morte de Ana Maria o valor de luto que ela merecia, até foi a missa e colocou seu nome nas intenções, mas não ficou em casa consternado como agora ele acha que deveria ter feito. Pensou também em Ceiça e Geraldo, como tinham encontrado algo além de suas convicções para chamar de felicidade. E pensava em Kaiky, que ficou extremamente surpreendido com a revelação do propósito que os levara a esta busca incessante por Maria da Conceição.

    O Coronel passou esses dias cumprindo a rotina que ganhou forma em sua vida após a morte da sua Ana, exceto pela conversa diária com Kaiky, que a esta altura já não trabalhava mais na padaria. No seu lugar de atendimento estava Jonata, amigo de Kaiky e por ele indicado e treinado para substitui-lo. A única quebra na rotina era justamente as idas bissextas até "Little Bakery", nome oficial da padariazinha da qual era sócio.

    Kaiky estava na luta frenética para colocar todo funcionamento em ordem. Levantava às quatro da manhã para iniciar a jornada de enrolar a massa já descansada e crescida pelo fermento, colocá-la no forno elétrico potente que Alberto fez questão de adquirir para o empreendimento e depois ficava ali no atendimento e recebendo os fornecedores. Sua mãe era sua fiel escudeira e seu irmão cumpria uma jornada vespertina, após chegar da escola. Mas Kaiky sentia que em pouco tempo precisaria de mais ajuda e como a padariazinha caiu no gosto do pessoal da Tavares e até do pessoal ali próximo, não seria difícil colocar mais um funcionário.

A relação de Kaiky e Alberto estava um pouco fria depois da revelação no carro. Kaiky tinha melindres em perguntar ao Coronel como vinha passando os dias, por medo de o assunto do seu plano voltar a voga. Já Alberto sentia que tinha ido longe no seu entusiasmo pelo seu plano ambicioso e tinha colocado em risco sua amizade mais verdadeira. Também ficava sem jeito próximo de Kaiky, como se o assunto fosse uma barreira invisível entre os dois.

Mas um assunto era frequente entre eles: o sucesso da Little Bakery. Alberto estava muito feliz pelo sócio e quando chegava na padariazinha para oferecer alguma ajuda, via aquele movimento intenso até ficava receoso de atrapalhar a rotina. Ainda assim, se aventurava atrás do balcão pegando um sonho aqui, fatiando uma mortadela ali para ajudar Carmem e Kaiky. Mas logo que o movimento mais intenso passava, ia para o outro lado do balcão e ficava apenas admirando a rotina da Tavares.

Exceto pelas poucas vezes que cumpria a jornada na Little, Alberto ficava em casa contemplativo, ou olhando a TV a procura de algo que acendesse novamente a centelha da vida. O seu plano não estava abandonado, mas sem a companhia de Kaiky e a perda de sua cumplicidade, não sabia mais como levar a frente. Tinha um endereço para ir, mas tinha dúvidas se fazia algum sentido colocar sua amizade em risco por aquele propósito talvez inviável.

Na TV, os telejornais eram recheados de notícias negativas, o número de mortes diárias pelo spikevirus ainda era muito alto, assim como índice de desemprego e também o preço dos combustíveis, que vinha colocando muita pressão sobre a inflação. Alberto começou a redimensionar a sua percepção sobre o cenário econômico e político do país. Percebeu que alguma coisa acontecera com ele, porque ao invés de simplesmente culpar a imprensa pela notícia negativa, como fazia até pouco tempo, começou a perceber que o que ele via ali na TV se refletia na necessidade das pessoas nas ruas. Começou a reparar que o número de pessoas revirando latas de lixo nas ruas aumentara e não eram mais somente moradores de rua, possivelmente drogados ou bêbados, ele via famílias, mulheres e homens que demonstravam estarem sóbrios. Ouvia também os papos na Little e até mesmo na Padaria que frequentava ali no Catete.

A única notícia que colocava novas esperanças no ânimo de Alberto eram as que falavam sobre o avanço da vacinação contra o spikevírus. Parece que a idiotia de alguns antivacinas não havia afetado o bom senso das pessoas. E ao contrário do que ocorrera há pouco mais de um século no Rio de Janeiro, os governos locais e a mídia tinham tratado a vacina com a responsabilidade e com o caráter pedagógico que faltou a Oswaldo Cruz e a imprensa do início do século XX. A única voz dissonante em relação a vacina era do presidente e isso não surpreendia mais Alberto, principalmente depois do que ouviu no Museu da República.

Trinta dias já haviam se passado da viagem a Mauá e Alberto estava em casa no fim da tarde quando Kaiky foi anunciado no interfone da portaria. Alberto estranhou a visita, pois tinha estado com Kaiky havia dois dias na padariazinha, estranhou ainda mais porque a padariazinha tinha grande movimento naquele horário, mas autorizou a entrada do sócio e o recebeu na porta.

Kaiky entrou, Alberto ofereceu algo para beber, recusado. Na sequência, sem muita cerimonia e com alguma tensão na voz, Alberto perguntou se havia algum problema. Kaiky abriu um sorriso largo e tratou de rapidamente desfazer a impressão ruim que a visita sem aviso poderia ter causado.

— Não, Alberto, problema algum. Vim aqui para prestar contas da nossa sociedade. A padaria fechou o primeiro mês e eu não poderia estar mais feliz.

-Ufa! Pensei que tivesse acontecido alguma coisa.

-Nada! Ou melhor, aconteceu uma coisa boa. Mesmo com a economia do jeito que tá, a Little foi bem no primeiro mês e a gente fez um lucrinho para dividir.

— Kaiky, você fez reserva de caixa? Pagou sua mãe e seu irmão? Pagou todos os fornecedores? E o contador?

— Relaxa sócio, acabei de sair do contador e está tudo certo. Todos os fornecedores estão com as faturas deste mês pagas, temos uma pequena reserva para as primeiras contas do mês que vem. E agora a rotina se ajustou já estamos funcionando mais organizados e, além disso, hoje começou um novo funcionário, por isso consegui vir até aqui.

Alberto ficou orgulhoso e regozijado com o relato do sócio. Não estava preocupado ou necessitando da parte do lucro que lhe cabia e até nem se achava merecedor. Estava muito feliz por ter dado a oportunidade a Kaiky de realizar-se e, quem sabe, conseguir uma estabilidade financeira que seus pais nunca tiveram.

— Kaiky, você não tem ideia de quanto estou feliz!

— Ficará ainda mais quando o pix cair na sua conta.

— O que? Pix? Que gíria é essa?

— Não, coronel, isso não é gíria. É uma forma nova de transferência bancária.

— Calma lá, Kaiky. Não faça nenhuma transferência ainda. Precisamos estabelecer como será nossa sociedade. Porque você está todo dia na Little e eu vou poucas vezes.

— Alberto nós fizemos uma sociedade meio a meio e desde o início eu sabia que eu ia trabalhar e você seria o sócio capitalista. Se você não tivesse entrado nessa comigo, eu estaria atendendo atrás de um balcão ganhando um salário-mínimo. Nós somos sócios e ponto, por isso a sua parte vai para sua conta. Me dá teu pix.

— Não tenho esse tal de Pix. Mas esquece isso só um pouco, porque temos que comemorar.

Alberto levantou da poltrona cativa foi até a cozinha e trouxe uma garrafa de champagne Veuve Cliquot, que estava na geladeira fazia mais de dois anos, desde a última vez que Marco Aurélio esteve no Brasil e trouxe de presente. Alberto não era de beber álcool e, por isso, aquela garrafa ocupava espaço na geladeira há tanto tempo. Além da Champagne trazia também duas taças de cristal de murano, que havia comprado quando fora a Veneza com Ana Maria.

— Kaiky, vamos comemorar em grande estilo o sucesso da Little Bakery, mas vamos também brindar a Ana Maria, que está aqui através desses objetos e na minha memória.

Kaiky aceitou a taça, brindou a Ana Maria e a Little Bakery e sorveu um grande gole. Ele não sabia dizer se o gosto da bebida era realmente maravilhoso ou se o gosto que sentia era o gosto do sucesso, da realização, da possibilidade de superar uma vida de privações. O prazer daquele primeiro gole e de todos os outros até acabar a garrafa foi algo marcante, indescritível. A felicidade de Kaiky borbulhava na mesma intensidade das bolhas vinho francês.

E naquele momento de efusão e de felicidade pelo sucesso e pelo champagne que acabara de beber, Kaiky disse:

— Alberto eu vou te ajudar. Pensei muito e vou te ajudar. Não vou matar ninguém, mas vou te ajudar.

O Coronel demorou a compreender aquela fala, demorou a fazer a associação com a confissão que havia feito no carro quando voltavam de Mauá. Quando concatenou as ideias e associou as falas se surpreendeu. Não imaginava aquela reviravolta que o recolocava de novo no seu projeto em andamento. A participação de Kaiky não estava no planejamento inicial, mas o envolvimento fraternal dos dois sócios gerou uma necessidade de aprovação de Kaiky ao Coronel.

Transcorreu algum silêncio, que parecia necessário para que ambos os interlocutores pudessem metabolizar mentalmente a novidade. Silêncio quebrado por Alberto depois de aproximadamente um minuto, que pareceu muito mais.

— Tem certeza? Você sabe o risco que correremos!

— Alberto, eu tinha a certeza de que iria continuar trabalhando como atendente daquela padaria ainda mais alguns anos até conseguir montar a *Little*. Eu tinha certeza de que a nossa relação era de cliente/atendente. Eu tinha certeza de que a minha condição de pobreza era culpa minha e não da ausência de oportunidades. Agora eu não tenho certeza de mais nada. A única certeza que tenho é que, lá no fundo da minha alma, apesar do choque, concordei com você quando disse que precisamos matar esse cara pelo bem do Brasil. O que está acontecendo seria muito menos grave se tivesse qualquer outro naquele lugar.

— Principalmente porque o vice é um General de respeito.

— Coronel, com todo respeito que tenho ao senhor, nunca confiei em ninguém que use uma farda. Sou vítima constante dos fardados. Mesmo quando fui me apresentar no quartel e o tempo que servi, fui maltratado. Não sei se não gostaram de mim, ou se era porque sou preto, ou se era porque moro na favela. Então, não tô fazendo isso pelo vice, mas porque não aguento mais ver os mais pobres sofrendo tanto.

— Meu filho, não sei o que te dizer sobre a violência, mesmo que simbólica que você sofreu a vida toda ...

— Meu amigo, não diga nada. Pois, nenhuma palavra mudará a realidade, mas ações mudam a realidade e por isso vou nessa com você.

O diálogo continuou, mas ficando claro que os dois ainda precisavam refletir sobre as decisões tomadas naquela tarde, o rumo da conversa rapidamente mudou para coisas mais amenas como futebol, o clima e a padariazinha.

Quando Kaiky foi embora, o Coronel foi até sua cômoda, abriu uma caixinha, que outrora era de joias ou pelo menos foi feita para isso, e de lá tirou o papel onde havia anotado o endereço em Nova Iguaçu que Ceiça havia lhe passado. Embora o registro na linha de tempo da conversa por WhatsApp estivesse lá, o Coronel não confiava muito nos eletrônicos e preferia ter tudo anotado e as coisas mais importantes guardava naquela caixinha.

Leu o papel. Viu que o bairro assinalado era o "Centro", o que na cabeça do militar facilitaria encontrar a localização. Ficou ali fitando o papel como quem esperasse que ele o dissesse algo além do que estava escrito, ou simplesmente o transportasse ao endereço. Com o olhar fixo e perdido em pensamentos, refletia se deveria ou não colocar Kaiky neste plano, principalmente agora que o garoto havia encontrado uma alternativa positiva para sua vida.

Sentou-se na cama, lado oposto à cabeceira, e continuou a fitar o papel, mas agora nem via a cor dá tinta, sua vista estava embotada pela secura do não piscar e sua concentração toda voltada ao próximo passo e se envolveria ou não Kaiky. Ficou por quase 15 minutos ali, e excetuando o movimento que os músculos involuntários produzem e uma piscadela ou outra, se manteve inerte. Quem o visse suspeitaria estar catatônico.

De repente se levantou, olhou o relógio de ponteiros sobre a cômoda, viu as horas que marcavam e rumou para cozinha com passos firmes, como se tivesse tomado uma importante decisão. Abriu a geladeira, foi ao congelador, tomou para si um recipiente de vidro, colocou no forno micro-ondas e esperou. Exceto pelos passos firmes, que poderiam indicar que decidira jantar aquela sopa que estava no congelador, nenhuma outra palavra ou pensamento que pudéssemos ler deu dicas do que o Coronel faria.

Tomou a sopa. Assistiu TV e foi dormir.

Na manhã seguinte seguiu seu ritual habitual e quando saiu da padaria, onde agora trabalha o amigo de Kaiky, colocou a mão no bolso da calça e achou o endereço que recebera de Ceiça. Havia esquecido que o colocou no bolso no dia anterior. Tomou o papel diante dos olhos, refletiu por alguns segundos e caminhou para a estação do Metrô da Praça do Catete. Quando chegou a estação analisou o mapa das linhas 1 e 2 e viu, como supunha, que existia uma conexão do Metrô com uma linha de ônibus até Nova Iguaçu.

A composição metroviária estava vazia naquela manhã de sábado e mesmo que fosse dia de semana o contrafluxo garantiria o conforto da viagem sentada. Teve que fazer a transferência na estação Estácio e de lá seguiu a até a Pavuna.

Já na passarela que desce na direção dos pontos de ônibus, o nosso Coronel sentiu-se perdido e, pior, amedrontado. O agito dos camelôs, os gritos dos trocadores de vans e um certo burburinho de transeuntes fez com que o preconceito de Alberto o fizesse travar, quase retornou à estação para tomar o sentido de volta para encontrar a paz semi silenciosa do Catete de sábado à tarde.

Um rapaz de uns vinte poucos anos percebeu a indecisão do Coronel e achou que pudesse estar perdido ou sofresse de alguma demência, se aproximou e perguntou se precisava de algo. A fala de Alberto foi suficiente para que se excluísse qualquer possibilidade de demência senil, mas ainda assim o rapaz foi solicito e caminhou com o assustado parceiro até o ônibus verde que faz a linha até Nova Iguaçu.

Ao entrar no ônibus, Alberto foi até o motorista mostrou o endereço e pediu que o deixasse o mais próximo possível do local anotado. O motorista reconheceu a rua e disse que ele teria que passar pela passarela sobre a linha do trem.

Quando o ônibus chegou ao ponto próximo à rua Nilo Peçanha, o motorista chamou o coronel e falou:

— O senhor vai atravessar aqui a esquerda e andar até o final desta rua, lá vai ter uma passarela, atravessa ela e pergunta lá do outro onde é esse endereço.

— Obrigado!

Quando chegou do outro lado o Coronel fez o que foi orientado e rapidamente estava em frente a um prédio residencial que não ficava em nada a dever aos edifícios da Zona Sul. Aliás, outra percepção do Coronel é que quando atravessou a passarela e andou uma quadra parecia estar em outro ambiente. Se não fosse pelas ruas relativamente estreitas e muitas pessoas sem máscara, lembrava pedaços do bairro de Botafogo ou Flamengo.

Olhou para o papel, viu o número do apartamento, tocou o interfone, que foi atendido pelo porteiro:

— Pois não?

— Apartamento 402. Quero falar com a Tatiana.

— Qual é o nome do senhor?

Neste momento Alberto se deu conta de que não adiantaria falar seu nome, porque a neta de Ceiça não o conhecia, mas arriscou.

— Alberto, Coronel Menezes Aragão.

Alguns segundos se passaram em agonia de espera, mas o uso da patente na sua identificação, para Alberto representava um ar de respeitabilidade, o que o fazia acreditar que seria recebido. Mas não foi pela respeitabilidade que a patente gera que foi anunciado que poderia entrar, foi sim porque quem atendeu aquele interfone e reconheceu o nome de muitas histórias que ouvia.

Alberto entrou no prédio, tomou o elevador ou ascensor, como gostava de chamar e tocou a campainha do 402. Quando a porta se abriu o esperava uma mulher alta, esguia, com cabelos longos e num tom de castanho bem escuro, quase preto, na casa dos 40 anos visível apenas pelas marcas nas mãos, com nítidos cuidados determinados pela vaidade, uma mulher bonita, encantadora, que fez Alberto perder um pouco da sua posição austera.

— Bom dia, Coronel! Ainda é bom dia, né?

— Bom dia! Você é a Tatiana? Desculpe ser tão direto e pouco educado, mas estou um pouco surpreso.

— Não Coronel, não sou a Tatiana, mas o senhor me conhece há muito tempo, mas seria incapaz de lembrar. Eu mesmo só sei quem é o senhor pelas histórias contadas por minha mãe.

Ainda mais surpreso e já sabendo de quem se trata, Alberto praticamente deixou o corpo cair no sofá que estava atrás de si, naquela bela sala bem decorada e com algumas fotos de Ceiça e Geraldo expostas em uma estante lateral.

— Georgiana?

— Sim, Coronel, eu mesma...

— Me chame de Alberto, por favor! – Disse o militar reformado, que por algum motivo teve vergonha da patente militar.

— Ok! Alberto! Mas foi sua patente e nome de guerra que me fez lembrar da história da minha vida e permitir sua entrada, mesmo sem acreditar que o senhor estava aqui. Minha mãe havia falado que senhor pudesse vir, mas não acreditava.

— Desculpe vir sem avisar, mas eu só tinha o endereço...

— Sem problemas! Eu queria mesmo conhecer o homem que salvou minha vida...

— E também a colocou em perigo.

— Circunstâncias, circunstâncias!

A conversa reexaminou a história que colocou os dois interlocutores em contato pela primeira vez. Alberto teve a oportunidade de contar a sua parte da história. Buscou eximir-se da culpa pela invasão à casa dos pais de Georgiana naquela oportunidade e valorizou o ato heroico citando o reflexo de pegá-la no ar.

Georgiana estava realmente atenta às palavras e tinha uma peculiar forma de dar atenção ao seu convidado. Ficava evidente o carisma da mulher, aquilo embebedava o Coronel, mesmo que tentasse resistir. Ela encantava com o olhar, com o sorriso, com o gestual gracioso das mãos. Por um instante Alberto esquecera do objetivo que o havia feito fazer aquela viagem de metrô e ônibus.

Georgiana, então, convidou Alberto para almoçar e aquilo gerou um estalo que o fez recuperar os sentidos antes entorpecidos e perguntar por Tatiana.

A anfitriã reforçou o convite para o almoço e disse que Tatiana havia saído e que já, já voltaria, que certamente estaria em casa para almoçar e os dois então poderiam conversar. Mas, encantadoramente, perguntou:

— Desculpe, o que o senhor quer com a Tati? Quando mamãe falou que o senhor talvez viesse falar com ela, fiquei me perguntando o que seria.

O Coronel empalideceu, gaguejou, perdeu seu ar de certeza e buscou qualquer desculpa que pudesse dar uma razão àquele interesse, mas não encontrou. Por fim falou que queria conhecer a filha da mulher que ele havia salvado.

Georgiana não ficou convencida por aquele motivo, mas percebendo o desconcerto do visitante, não insistiu. Sabia que qualquer coisa que fosse a filha depois contaria a ela, então não estava preocupada. Além do mais o que aquele homem com seus setenta e poucos anos poderia fazer com a sua filha. E ela também estava feliz de conhecer uma outra parte da sua história.

Ainda antes do almoço e antes da chegada de Tatiana, Georgiana foi contando ao coronel que era médica, que sua especialidade era cirurgia geral, disse que tinha um consultório na cidade, mas que a maior parte do tempo estava atuando no Hospital Geral de Nova Iguaçu, o Hospital da Posse. Afirmou que verdadeira razão da medicina era atender com qualidade aquelas pessoas que não poderiam pagar as melhores estruturas hospitalares.

Contou também que o pai da Tatiana era músico e que os dois se conheceram ainda na época da faculdade e logo a Tati foi gerada. Disse que viveram juntos por mais de dez anos, mas a rotina de viagens que ele fazia para shows com diversos nomes da MPB acabou desgastando a relação e que se separaram, mas mantiveram um relacionamento de amizade.

Alegou que a própria ida para Nova Iguaçu foi por conta do relacionamento, já que o pai da Tati morava na cidade quando começaram a viver juntos. Ela ainda falou que hoje não trocaria a cidade por outro lugar, já que se habituara e que no entorno do seu apartamento tem tudo que precisa. Alberto concordou com a afirmativa e completou que ficou um tanto impressionado. E para confirmar esta fala, o almoço veio pedido de um dos restaurantes da cidade.

Trocavam amenidades e impressões sobre o entorno quando da porta da sala veio barulhos de chave e entrou uma mulher igualmente alta, igualmente esguia, igualmente bonita, com traços semelhantes ao de Georgiana, mas com a pele negra. Alberto ficou bastante confuso, mas de imediato foi apresentado à Tatiana.

— Oi, boa tarde! – Disse a jovem.

— Boa tarde!

Ela não disse mais palavras e entrou na abertura que dava a um corredor. Ela trajava roupas de ginástica e Alberto deduziu que viera da academia ou algo semelhante e iria trocar de roupa. Teriam oportunidade de conversar depois.

Georgiana pediu licença e foi receber a comida que chegou quase no mesmo instante que a filha e depois de levar os sacos com recipientes isotérmicos para cozinha, voltou à sala e anunciou, com um ar jocoso, que o almoço estava pronto. Em seguida passou por aquele corredor onde antes Tatiana tinha passado e foi chamar a filha, que cogitou não ir almoçar, mas Georgiana insistiu que o convidado queria falar com ela.

Tatiana já havia estranhado quando a avó ligou para ela avisando que este Coronel iria procurar e agora estava ainda mais intrigada, mas tinha muitos motivos para temer esta conversa, principalmente neste momento em que os movimentos sociais, dos quais fazia parte, sofriam muitas ameaças e perseguições dos setores extremistas que apoiavam o governo. De qualquer forma estranhara que o velho na sala se mantivesse de máscara, o que seria um indício de que, ao menos, não era um negacionista.

O almoço transcorreu com normalidade. As mulheres finalmente viram o velho sem a máscara de proteção e usando isso como uma espécie de desculpa pouco falaram. Alberto tomava o cuidado de colocar a mão na frente da boca nas duas ou três vezes que falou algo e em uma delas perguntou para Tatiana se ela estava estudando medicina também. Ela acenou com a cabeça respondendo negativamente e complementou dizendo que estudava comunicação e que trabalhava em uma ONG de apoio à mulheres vítimas de violência e que militava no movimento LGBTQI+.

A complementação da resposta não atendia à pergunta, especificamente, mas Tatiana fez questão de marcar posição naquele momento e intencionava "espantar" o visitante. Alberto por sua vez não esboçou qualquer reação de espanto a afirmação, nem mesmo parou de mastigar e continuou olhando a jovem sem demonstrar espanto ou qualquer expressão de reprovação. Mas aquela informação apresentava ao Coronel uma nova variante das múltiplas revisões de pensamento que vinha fazendo desde que se lançou neste projeto.

Mas, mesmo sem esboçar reação e perceber que precisaria mais uma vez enfrentar seus preconceitos em nome de um bem maior, o Coronel lamentou, no seu *ethos* machista, que uma moça tão bonita fosse homossexual.

Alberto também percebeu um certo tom hostil na fala de Tatiana e começou a se preocupar como faria a abordagem que precisava, principalmente porque teria que fazer isso longe de Georgiana, pois, não queria envolver a médica no seu projeto e confiava em Ceiça quanto a ajuda da neta.

Os comensais deixaram a mesa de jantar. Georgiana indicou a Alberto o sofá e Tatiana já ia em direção ao corredor quando a mãe pediu que fizesse sala ao convidado enquanto ela fazia um café. O olhar de dela para mãe indicava a insatisfação, mas cedeu ao pedido e se sentou no sofá que formava um L com aquele que estava o Coronel. Georgiana então saiu para fazer o café.

Sem perder tempo, prevendo o rápido retorno de Georgiana, Alberto se inclinou em direção a Tatiana e em um tom de voz baixo e com a mão fazendo uma parede na lateral da boca, já protegida pela máscara, falou:

— Eu quero matar o presidente e preciso de sua ajuda!

— Você tá louco? – Retrucou Tatiana também em tom baixo.

— Não! Mas precisamos fazer algo antes que o país encontre o ponto de não retorno.

A frase um tanto acadêmica de Alberto em nada indicava o pragmatismo militar, mas a abordagem intempestiva e oportunista mostrava claramente quem era o interlocutor. Tatiana ficou atônita e não disse qualquer palavra além da pergunta sobre a sanidade mental do velho.

Alberto a fitou esperando qualquer resposta. Mas o silêncio só foi interrompido pela volta de Georgiana com uma bandeja e três xícaras. Pousou o objeto de prata sobre a mesa de centro e retornou à cozinha para pegar a garrafa térmica.

Tatiana não quis o café e assim que mãe sentou se levantou e atravessou o portal do corredor. Alberto mais uma vez viu seu plano ruir. A ausência de palavras da jovem só podia indicar que ela não o ajudaria. Tomou o café com Georgiana. Olhou o relógio e disse que já era tarde e que não gostaria de fazer o percurso de volta à noite, pois, não conhecia bem o caminho até o metrô. Georgiana compreendeu e manteve todo seu ar de encanto nas ações de despedida. Chegou a chamar Tatiana para se despedir do convidado, mas Alberto pediu que não a incomodasse e se encaminhou para porta. Quando o velho já estava andando em direção ao elevador ouviu a menina dizer à mãe que iria dar uma saída e já voltava.

Os dois desceram juntos no elevador e foram juntos até o portão. Quando chegou no portão Alberto fez um gesto de despedida e virou-se em direção ao sentido contrário do caminho que fizera na vinda. Nem percebeu que a jovem vinha atrás até que ela pegou o seu braço e disse:

— Vamos até ali na praça pra você me explicar esta história direito.

Os dois foram até uma praça que fica em frente a um hospital em reforma e atrás da Igreja de São Jorge e Nossa Senhora de Fátima. Ali se sentaram em um banco. As únicas pessoas a volta era um grupo de pessoas em situação de rua que se abrigavam da queda de temperatura que a tarde de inverno com céu nublado gerava.

— Conta aí, que história é essa?

— Não é história, é um plano e preciso de mais gente.

— Tu é militar e deve ser fascista igual esse cara, porque quer matar ele?

— Eu poderia dizer que você é sapatão e por isso deve ser um desses comunistas pedófilos.

— Vai me insultar, vou meter o pé.

— O insulto veio daí primeiro.

— Tá, velho, entendi. Mas me conta por que tu quer matar o cara.

Com esse início de diálogo tenso foi difícil para Alberto explicar toda situação, mas assim como contou a Ceiça, contou a Tatiana toda sua história até a conversa com o presidente no Museu da República. Depois ainda emendou contando do seu plano e como envolveu a Ceiça, o Kaiky e como chegou até ela.

Tatiana ficou desconfiada de ser uma armadilha, por isso não contou a Alberto o que sua vó sabia, que ela fazia parte de um grupo que vinha se preparando para uma resposta armada rápida em caso de uma tentativa de golpe por parte dos militares liderados pelo presidente.

Mas prometeu a Alberto que iria analisar a proposta que entraria em contato quando tivesse uma resposta. Ela queria mesmo era ganhar tempo para colocar essa proposta para a sua organização. Mas, compreendendo que precisava conhecer melhor o homem, que segundo a história contada pela sua avó, salvara sua mãe de um tombo que poderia ser fatal, pediu que ele voltasse a cidade para conhecer o trabalho da sua ONG.

Depois da conversa sugeriu que Alberto fosse de ônibus e o acompanhou em uma caminhada de uns quinze minutos até a rodoviária da cidade, onde o Coronel pegou um ônibus ao centro da capital e de lá um taxi até o Catete.

PLANO EM ANDAMENTO

Naquela noite, quando olhou o celular, viu algumas mensagens de Kaiky preocupado com a falta de notícias, mesmo porque haviam combinado de encontrar um possível cliente que pretendia comprar grandes quantidades diárias de pão. As mensagens o deixaram inquieto. Andou entre o quarto e a cozinha, passando pela sala e o antigo quarto de Marco algumas vezes. Estava envergonhado porque havia esquecido o importante compromisso, irritado por ter sido pego em falta e preocupado como contaria a Kaiky que havia dado sequência no plano sem a sua presença, mesmo depois da conversa da outra noite.

Decidiu que o mais emergencial era acabar com a preocupação do amigo e depois de umas idas e vindas enviou a mensagem:

> Estou bem, não se preocupe.

Logo que os dois verificadores ficaram azuis, apareceu que Kaiky estava digitando...

O sócio quis saber onde o Coronel estava, por que não havia respondido às mensagens, se estava realmente bem e se o velho não preferiria que ele fosse até sua casa. Alberto apenas respondeu que já estava tarde, embora ainda fosse 19:43, e que no dia seguinte conversariam.

Não houve maiores insistências do jovem da Tavares Bastos e Alberto se pôs a pensar como abordaria o assunto com ele.

Na manhã seguinte o velho foi direto para Little Bakery e tomou seu café com pão na chapa na sua própria padaria. Kaiky, sua mãe e o novo funcionário já estavam a todo vapor nos serviços, atendiam um pedido de pão, cortavam uma dose de mortadela ou queijo muçarela ou prato, colocavam um pão na chapa, sem dizer que desde às 4:00 Kaiky já estava com o pão no forno e preparava fornadas de pão doce e sonhos.

Apesar da ansiedade de Alberto de logo encontrar o sócio, Kaiky não iria parar para conversar antes das dez, quando o movimento diminuía e o novo funcionário assumia todas as funções, enquanto Carmen ia para casa cumprir sua outra jornada e o próprio Kaiky podia se dedicar a burocracia e a administração da padariazinha.

Mas naquela manhã deixaria seus afazeres de gestor para conversar com seu sócio.

— Oh Alberto, você me deixou preocupado ontem. Vamo ali no escritório.

O que Kaiky chamava de escritório era na verdade uma parte do depósito, onde colocou uma pequena mesa com um computador velho, que Alberto delegou a empresa, e mais duas cadeiras de ferro, que fecham, que são comuns em bares e normalmente levam uma propaganda de bebida estampada.

— Onde o senhor esteve ontem? Fui sozinho conversar com o cliente! A gente tinha combinado de ir junto! Você sabe que para algumas pessoas minha juventude e minha cor geram desconfiança.

— Como foi lá? Correu tudo bem?

— Ainda não sei. Ele ficou de entrar em contato. Falou que ia tomar preços de outros possíveis fornecedores. Mas não muda de assunto... deixou a gente preocupado. Minha mãe queria que eu fosse atrás do você.

— Eu estou aqui. Estou bem. Fui apenas visitar uma amiga.

— Essa história está mal contada! Que amiga é essa? Cê nunca falou de nenhuma amiga que ia visitar.

— Kaiky, vou ser sincero. Fui a Nova Iguaçu encontrar a neta da Ceiça, a Maria da Conceição lá de Mauá.

— Como assim?

— Então, quando nós estávamos naquela cachoeira lá, a Ceiça me mandou uma mensagem com um endereço e falou que eu procurasse sua neta. Entendi que ela poderia me ajudar no meu plano.

— E você foi lá sem mim? Achei que...

— Sim, tínhamos acertado que faríamos juntos. Mas quando estava vindo para cá coloquei a mão no bolso e vi o endereço. Eu estava do lado do metrô e entrei num impulso. Kaiky, desculpe. Sei que pode parecer uma traição, mas fui impulsivo.

— E aí?

Neste momento o coronel falou de Georgiana, de como ficou feliz e encantado em vê-la, falou que ela é médica, que trabalha no hospital público... Até que Kaiky o interrompeu e perguntou pela neta da mulher de Mauá.

— A garota parece que é militante política igual a avó. Milita lá naquele negócio de gays e lésbicas. Não consegui tirar muita coisa dela, mas ela falou que pra conseguir a ajuda para qualquer coisa eu vou ter que passar confiança. Ela pediu que eu vá lá no sábado à tarde.

— Vou ajeitar tudo aqui e vou contigo.

— Não precisa, Kaiky.

— Tamo juntos nessa, não adianta me deschavar.

— Des o que?

— Deschavar. É uma gíria que meu pai usa para tirar alguém de uma combinação, de algum encontro... É mais ou menos isso, entendeu?

— Tá, entendi. Mas não quero te "deschavar". – Disse o Coronel rindo. E continuou:

— Só acho que não tem necessidade de abandonar a Little para ir até Nova Iguaçu comigo.

— Quero conhecer essa neta da...

— Ceiça.

— Isso. Neta da Ceiça. Se ela quer confiar, também quero. Vou ver qual é a dela. E, além do mais, no sábado meu irmão dá expediente aqui. Fica doido para ganhar uma graninha extra para ir nos bailes.

— Ele sabe que ainda tem uma epidemia? Que não pode aglomerar?

— Coronel, aqui na favela a epidemia parece que já acabou. Sendo sincero, só fico de máscara em respeito ao senhor e por preocupação com a minha mãe e meu pai. Mas isso incomoda demais. Graças a Deus vou vacinar daqui a dez dias.

— Tá bom! Então sábado a gente vai lá. Ela falou pra tá lá umas 15:00, que vai levar a gente em um lugar.

Tudo acertado, os sócios retomaram suas rotinas.

No sábado, então, às duas horas, Kaiky sem demora estava na entrada do prédio do Coronel. Foram de carro pela conveniência e também porque talvez tivessem que se deslocar.

Fizeram o percurso em pouco mais de meia hora. O Aterro, a Presidente Vargas, a Francisco Bicalho, o elevado, a Avenida Brasil e a Rodovia Presidente Dutra estavam livres, com pouquíssimos carros, como é comum nos sábados à tarde, principalmente em direção à Baixada Fluminense.

Pararam em frente ao prédio de Tatiana, o que gerou um comentário de Kaiky sobre a beleza do prédio e uma certa surpresa, assim como tivera Alberto antes, com a aparência geral da localidade.

Alberto enviou uma mensagem para a menina, que logo desceu para não correr o risco de sua mãe ver o seu antigo salvador por ali. Quando Tatiana despontou na entrada, Kaiky suspirou e olhou para o velho em um sinal claro de encantamento. A resposta veio de imediato: "ela é sapatão". Ainda assim ele comentou que ela era uma preta bonita.

Ela foi em direção ao carro abriu a porta traseira, entrou no banco de trás e logo expressou:

— Tá de sacanagem, né? Tu me pede ajuda para fazer aquilo e me aprece com motorista aqui. Como vou te apresentar pros meus camaradas?

Kaiky se antecipou ao velho e disse.

— Prazer, Kaiky, sócio do Alberto e camarada de plano. E pelo jeito, mesmo sendo preta, acha que todo preto é serviçal.

A fala de Kaiky desconcertou Tatiana, que tentou se justificar, gaguejou, mas ao fim pediu desculpas e admitiu que fez o mesmo que muitas pessoas fazem com ela, principalmente quando está com a mãe.

Kaiky ficou sem entender a referência à mãe, mas ficou satisfeito e até orgulhoso de vencer aquele primeiro embate na disputa pela construção das confianças mútuas.

Alberto por sua vez deixou que os dois trocassem as farpas e depois apenas cumprimentou Tatiana e disse que Kaiky estava com ele desde o início do plano. A mentirinha contada jamais seria descoberta, até porque tinha pouca importância para o futuro da ação.

Os três, seguindo a orientação de Tatiana, tomaram a Mario Guimarães até não poderem mais seguir, viraram à direita e logo a esquerda e foram direção ao bairro de Morro Agudo. Pararam em um prédio mal conservado, mas com bastante movimentação. Aquele lugar em nada se assemelhava em estrutura ao bairro onde ficava o prédio de Tatiana. Ali se via muitas casas ao invés de prédios, a maioria carente de uma boa manutenção, o comércio local era bem diferente dos restaurantes, bares e lojas do bairro de Tatiana. Os bares ali eram os chamados pés sujos, as lojas tinham uma pegada popular e os restaurantes tinham placas indicado serem *selfie-services*, à quilo ou prato feito. Ainda se via algumas oficinas e ferro velhos.

Desceram do carro e foram acompanhando a Tati até a entrada do prédio. Mesmo querendo gerar um choque nos convidados, Tatiana resolveu revelar que aquele prédio abrigava transsexuais que por diversos motivos não tinham onde ficar. O Coronel engoliu em seco e entrou mantendo a posição ereta e prepotente que lhe era tão característica. Kaiky ensaiou uma meia volta, mas foi seguro por Alberto, "é um teste", sussurrou o militar. Mas a transfobia de Kaiky era nítida, para ele aquilo era antinatural e ponto. E mesmo com olhar pedinte do sócio, a inclinação era não entrar naquele lugar.

O prédio havia sido alugado pela ONG que Tatiana trabalha e, nos moldes da Casa Nem de Copacabana, abrigava transsexuais e travestis que não tinham para onde ir e que não se viam em segurança utilizando os abrigos públicos. A maioria ali vivia da prostituição, alguns estavam doentes e excetuando dois homens trans, as demais eram mulheres e 4 ou 5 travestis. Tatiana explicou que a ONG, além de conseguir recursos para alugar o espaço oferecia cursos profissionalizantes, buscava empresas que incorporassem aquelas pessoas ao mercado de trabalho, para que os que desejassem sair da prostituição tivessem uma alternativa. Mas a resistência era muito grande.

Os três entraram no prédio e Tatiana foi direto a um dos apartamentos para falar com uma mulher que havia conseguido uma colocação de emprego. Kaiky estava visivelmente incomodado e evitava tocar nas coisas como se a transexualidade fosse contagiosa. Ao tocar a campainha Tatiana perguntou se eles entrariam com ela e os dois responderam ao mesmo tempo com palavras distintas, o Coronel afirmativamente e Kaiky com um "não" que ressoou todo o corredor e voltou para ele com o eco. Mas quando a porta abriu os três foram convidados a entrar e aceitaram o convite.

Andreia, a mulher que morava ali, ofereceu cadeiras aos convidados, mas Kaiky se manteve de pé, com os braços cruzados. No apartamento havia pouquíssimos objetos, mesmo as cadeiras eram dessas de plástico que são usadas em festas. Uma estante visivelmente reciclada sustentava uma televisão de tubo, ladeada por um porta-retratos com a foto de uma mulher mais velha, provavelmente a mãe de Andreia, e do outro lado um suporte de livro com uma Bíblia aberta. Uma caixa de madeirite fazia as vezes de mesa de centro e uma pequena mesa de plástico, que fazia conjunto com as cadeiras oferecidas, era, talvez, a mesa de jantar. Sentados ali viam uma porta entreaberta, que Alberto supôs dar acesso à cozinha, e uma outra entrada guardada por uma cortina de tafetá, que dava acesso ao quarto e ao banheiro através de um corredor.

Tatiana logo falou para a mulher que ela tinha conseguido o emprego de vendedora o que foi seguido de pulo de alegria e lágrimas de felicidade e culminou com uma louvação em direção a Bíblia e agradecimentos a Deus. A cena era comovente mesmo para os dois expectadores que não tinham a menor noção das dificuldades que uma mulher transsexual tem para conseguir um emprego que não seja de cabeleireira ou atuar como prostituta.

Até Kaiky se desarmou um pouco e chegou a sentar sem perceber que fazia isso, quando se deu conta ficou envergonhado de levantar-se. O Coronel foi mais ousado, acreditando que aquilo era um teste de confiança, resolveu dialogar com aquela mulher.

— Parabéns pelo emprego!

— Aí! Obrigada! Desculpe por chorar tanto, mas o senhor não sabe a luta que nós temos para arrumar um empreguinho e, pior, depois manter. Eu tava na miséria, mesmo sendo formada em administração de empresas, nunca tive um emprego desde que passei pela transição.

— Como assim?

— Desculpe, não sei o seu nome.

— Eu sou Alberto e ele é o Kaiky, somos amigos da Tatiana e queremos muito ajudar vocês aqui.

A frase do Coronel soou falsa para Tatiana, mesmo porque ela sabia que só estavam ali porque os havia levado. Já Kaiky, na cadeira, estava inquieto e torcendo para o Coronel acabar logo com aquela conversa, mas ainda assim, acenou com a cabeça quando foi apresentado.

— Então Alberto, eu era André até meus 25 anos, tinha me formado em administração e trabalhava em uma empresa transportadora. Todos lá viam que eu era gay, mas como eu não abria muito espaço para brincadeiras preconceituosas, me respeitavam ou toleravam porque eu era competente. Mas no fim daquele ano, quando entrei de férias, iniciei a minha transição. Tomei hormônios, passei a usar maquiagem feminina, porque era assim que eu me via, comprei roupas novas para minha nova condição e quando voltei para o trabalho foi um choque.

— Mas em um mês tinha mudado tanto?

— Não, né! Mas eu já usava minhas roupas femininas e a maquiagem. Um dia cheguei para trabalhar e o dono da empresa me chamou. Chegou pra mim e disse: "olha, você é muito competente, mas o povo aí tá falando muito e eu não posso te manter aqui na empresa. Vou te pagar todos os teus direitos, mas você não pode continuar aqui.

— De lá pra cá você nunca arrumou mais nada?

— Não. Durante um tempo me mantive com a indenização, mas quando o dinheiro acabou fui pedir ajuda a minha mãe, que Deus a tenha, ela até quis que eu morasse lá, mas meu pai me expulsou de casa com direito a jogar minhas coisas na rua. Fui para prostituição, era a única forma de me sustentar. Fiquei nessa vida por sete anos.

— Nossa, que história triste!

Alberto falou isso em voz alta, mas no fundo sabia que ele teria o comportamento do antigo patrão de Andreia e, quiçá, o comportamento do pai dela. Aliás, estar ali era também um exercício constante de resignação e interesse, pois, acreditava que aquilo era um teste de confiança. Mesmo assim, sentia mesmo aquelas suas palavras, sentia a tristeza daquela história, avaliava quanto poderia ser tão cruel quanto todas aquelas pessoas que atravessaram a vida de Andreia.

133

Mas a mulher continuou:

— Um dia eu estava no meu trabalho em um lugar aqui perto e parou um carro com três homens e perguntaram pelo programa. Recusei e saí de perto, mas eles saíram do carro e me bateram muito, quase morri, fui parar no Hospital da Posse e agradeço a Deus e a doutora Georgiana por ter salvado a minha vida. Mas depois disso fiquei com medo de ir para pista e aí fui salva pela filha da Doutora. Se não fosse a Tati aqui eu tava morta.

A tocante história de Andreia fez até Kaiky engolir em seco e perceber que a vida daquela pessoa era de muito sofrimento. Mas lá no fundo, ele acreditava que aquele sofrimento era um castigo pelo pecado da pederastia. Mas não pode deixar de notar a inclinação à Bíblia e os agradecimentos a Deus. Aquilo era confuso para ele. E em um arroubo perguntou:

— Você não acha contraditório ser assim e ter uma Bíblia e falar em Deus?

— Ser assim como? Uma mulher. – Retrucou Andreia, percebendo a transfobia do rapaz. E continuou.

— Eu cresci em uma casa religiosa. Minha mãe era assembleiana e eu sempre fui temente a Deus e sempre acreditei que Deus me ama do jeito que sou, porque foi ele que me fez assim. Eu sofri muito por causa disso, até que eu pudesse me aceitar. Desde muito novinha eu percebia que não era igual aos outros meninos da Igreja, mas me punia, me cortava e até pensei em me matar, mas um dia minha mãe me disse: "Deus sabe de todas as coisas e se Ele te fez assim, Ele tem um motivo".

— Desculpe, não quis parecer...

— Transfóbico? Olha Kaiky. Kaiky, né? Olha Kaiky é por causa de pessoas como você que pessoas como eu não temos nem o direito e nem a oportunidade de ser felizes. Você devia reavaliar sua forma de pensar. Eu não escolhi ser assim. Você acha que se eu pudesse escolher, eu ia escolher ser uma coisa que atrai preconceito e violência. Diz uma coisa, você escolheu ser preto?

— Mas não é a mesma coisa.

— Você que pensa. Você nasceu preto e eu nasci mulher no corpo de homem e mesmo que não tenhamos escolhido nascer assim sofremos preconceitos, você pela cor da sua pele e eu porque quero corrigir o erro da natureza.

A conversa era acompanhada atentamente por Tatiana, que até fez menção em interferir, mas a resposta de Andreia foi mais contundente do que poderia fazer.

Mesmo com o ambiente carregado pela demonstração inequívoca de transfobia de Kaiky e as respostas de Andreia, a tarde era de comemoração. Andreia ia trabalhar em uma loja de roupas de grife femininas e esperava ter muito sucesso e conseguir finalmente um lugar próprio para morar.

Tatiana, Alberto e Kaiky ficaram ali por poucos minutos após a última resposta de Andreia e Alberto tratou de amainar o ambiente antes de se despedir de Andreia desejando toda sorte do mundo no novo emprego. Kaiky também desejou sorte e até pediu desculpas por alguma coisa. Andreia sorriu e retribuiu os desejos de sorte.

Ao sair do apartamento, Tati perguntou se queriam conhecer outras moradoras do prédio e polidamente Alberto disse que a última hora tinha sido de um grande aprendizado, mas que todos ali precisavam compreender melhor tudo que tinha se passado e então sugeriu que voltassem ali em outro momento.

Mas ao contrário do que pensava Alberto, aquilo não era um teste de confiança, realmente a Tatiana precisava ir até lá para avisar Andreia que ela arrumara o emprego e que precisava ver toda documentação para iniciar a nova vida. O teste de confiança estava ainda por vir.

    Dali retornaram a região central da cidade, mas ao invés de ir na direção da casa de Tatiana, atravessaram um viaduto sobre a linha do trem e foram por uma via movimentada até entrar a esquerda na rua Otavio Tarquino, pararam o carro na rua, em frente a um prédio cinza antigo. Tatiana tocou um interfone, falou o seu nome, a porta se abriu em um estalo barulhento, os três subiram um longo lance de uma escada revestida em mármore branco ladeada por paredes com vidrilho verde e um corrimão também em mármore, depois mais um lance curto de escadas e uma porta de madeira, daquelas bem robustas com uma janelinha que permite ver quem está fora.

    A porta se abriu e uma mulher um pouco mais baixa do que Tatiana, mas igualmente bela, com roupas masculinas os recebeu. Tatiana a beijou na boca, apresentou aos dois homens a sua namorada Renata. As duas namoradas caminharam até uma sala bem grande para os padrões de um imóvel residencial e foram seguidas pelos dois homens que se depararam com uma reunião. Na sala contavam oito pessoas, todas, exceto Tatiana e Renata, estavam de máscara cirúrgica e pelo menos cinco deles estavam com óculos escuros.

    — Pessoal esse aqui é o Coronel que falei pra vocês. Trouxe ele aqui na casa da Renata porque se for um traíra a organização vai ser preservada e só vai cair eu e ela. Esse com ele é o Kaiky, sócio dele e faz parte do plano. Vou pedir para eles dois tirarem a máscara por alguns instantes para que todos aqui possam ver seus rostos.

    Alberto e Kaiky então tiraram suas máscaras. Tentaram identificar os que ali estavam e só conseguiram notar que além de Tatiana e Renata tinham mais cinco mulheres e três homens, a maioria eram negros, apenas três não eram. Fora isso poucas outras características eram visíveis.

Uma das mulheres então falou:

— E aí Coronel, que história é essa?

— Alberto, esse é meu nome. Como eu disse a Tatiana, eu quero matar o presidente e preciso de ajuda.

Outra mulher assumiu a palavra:

— Por que devemos acreditar em um milico? Tudo que é milico apoia esse presidente.

E em um rodízio todos foram falando, questionando a intenção do Coronel e como planejava realizar o assassinato.

Por fim, o coronel contou toda a história, assim como tinha relatado a Tatiana. Fez questão de frisar que realmente apoiara o presidente em sua eleição e mesmo depois até aquela tarde no Museu da República. Mas foi além. Contou como a busca pelo seu esquadrão vinha mudando suas leituras de mundo, contou a violência que sofrera dos policiais, falou da experiência na escola da menina assassinada no pátio, relatou a conversa que teve com Ceiça e Geraldo e como reconhecia os excessos que foram cometidos durante o Regime Militar, falou até da experiência daquela tarde no prédio da ONG da Tati e ainda contou como a amizade com Kaiky o fizera perceber que nem tudo é uma questão de mérito, pois, o Kaiky era uma pessoa com muita competência, mas que não contou com oportunidades que o mundo dele não permitia.

A história do Coronel abriu alguns flancos na rigidez com que era tratado. Um dos que estavam de óculos para não ser reconhecido chegou a tirar os óculos escuros. Outra sinalizou positivamente em alguns apontamentos do militar reformado. Até

Tatiana que já tinha ouvido parte da história passou a acreditar mais na veracidade das intenções de Alberto.

Depois de toda falação de Alberto, um dos homens que estava lá olhou na direção de Kaiky e perguntou como ele entrava nessa história.

Kaiky, não falou muito e nem tentou convencê-los de nada. Falou apenas que estava com Alberto nessa empreitada, acreditava nele e que iria até o final com ele. E ainda disse que por ele o Coronel nem devia pedir ajuda àquele bando, que eles dois davam conta de tudo.

A frase final gerou uma gargalhada geral, como se fosse uma piada em um show de *stand up*. Tatiana até tentou interferir dizendo que Kaiky talvez não tivesse a dimensão do que planejavam, mas foi o Coronel que assumiu a palavra e afirmou com todas as letras e expressões:

— Eu preciso da ajuda de vocês, é impossível realizar este plano sozinho ou apenas nós dois. No fim, eu vou apertar o gatilho, não quero que mais ninguém possa ser imputado neste crime, mas será preciso ajuda de vocês para que eu consiga chegar ao presidente e ter a condição acertá-lo.

A expressão séria e compenetrada no rosto do Coronel e a força e firmeza da sua voz gerou uma certa vibração de confiança no grupo, mesmo assim uma das mulheres, a primeira a falar quando o Coronel e Kaiky chegaram, disse que eles dois deveriam ir embora e que depois que o grupo tomasse uma decisão entrariam em contato.

Tatiana mais uma vez beijou Renata na boca, e os três saíram pela porta do apartamento e depois do prédio.

Levaram Tatiana até a porta do seu prédio e depois tomaram o rumo do Catete.

CARREGANDO...

O teto branco do quarto que circundava o lustre pendido com desenhos em arabescos e a cor dourada, era o foco de Alberto naquela manhã. Abrira os olhos ao acordar e na mesma posição ficara por muito tempo. O pensamento viajava em temas diversos, desde Ana Maria, a caserna, Marco Aurélio até as coisas que vivera nos últimos meses.

E foram estas últimas experiências que o fizeram refletir sobre o tempo e como em três meses tinha vivido experiências que nunca havia experimentado. Pensou que daquele 21 de maio até aquela manhã de 21 de agosto viveu a maior aventura de sua vida, que nem de perto se comparava com o treinamento de selva que foi obrigado a fazer quando era um jovem oficial.

Nunca imaginara ter uma padaria, principalmente na favela. Pensou que quando contasse isso a Marco Aurélio ele diria que enlouquecera. Nem nos intensos debates sobre questões sociais que tinha com Ana Maria pensaria que conheceria de perto uma realidade que se recusara a compreender. Avaliava agora que muito daquilo que acreditava ser uma escolha das pessoas, nada mais era do que as condições que a própria vida dá a elas e que a opções são bem diferentes do que aquelas que ele mesmo teve ou que pode oferecer a Marco Aurélio.

Pela primeira vez na vida estava se permitindo, por força de um objetivo, conhecer realidades e pessoas que jamais entraria em contato. Passou a conhecer versões de fatos que ele repudiava por princípio e por convicção e pior, pode perceber que estas versões faziam sentido e que a verdade podia ser relativizada.

O teto branco neve e o lustre em arabesco dourado com pequenos globos em vidro opacos em branco já nem eram mais parte do que realmente via naquele momento. Via Ana Maria viva e bem, doente no CTI com o maldito spikevirus, a vida solitária, a família naquela praça a se proteger da horda de transmissores de vírus, a conversa com o presidente, a decisão de matá-lo, a amizade com Kaiky, a busca por Helena e Moacir, a escola na favela, a favela e a padariazinha, a beleza de Visconde de Mauá, Helena que era Ceiça, Georgiana, Tatiana, Andreia, Renata, o grupo de ação que iria ajudá-lo no seu projeto...

De imediato passou a pensar na execução do plano. Onde seria? Como seria? Lembrou do assassinato do Arquiduque Francisco Ferdinando pelo Mão Negra, executado por Gavrilo Princip, depois no do Kennedy por Lee Oswald e como estes assassinos terminaram mortos logo após os atentados. Sentiu o medo pelo fim da própria vida junto a coragem de realizar algo histórico. Pensou que o presidente estivesse mais para um tirano como Mussolini ou Hitler e que seu ato pudesse ser exaltado. Divagava um tanto exaltado em seus pensamentos até que o celular o despertou do seu torpor com o toque peculiar de uma chamada telefônica.

Buscou o aparelho com apalpadelas pelo colchão, depois sobre a mesa de cabeceira, até que seguiu o barulho do toque e o encontrou-o no chão, sobre o pequeno tapete ao lado da cama, que o impedia de sentir o frio da cerâmica quando levantava pela manhã. Pegou a aparelho e viu o nome de Tatiana escrito, tocou o ícone verde e colou o aparelho no ouvido para escutar: "nós topamos o plano, me encontre hoje às 2 da tarde na casa da Renata". Logo após, sem que dissesse qualquer palavra, a ligação foi interrompida.

Naquele momento Alberto sentiu um misto de sentimentos e emoções. Teve a real consciência que o arroubo vingativo que tivera naquele dia do outono virava um fato no inverno quente do Rio de Janeiro. E foi quando se pôs a pensar, pela primeira vez, o que seria o dia seguinte da execução do plano. Conjecturou o país em calmaria e dirigido por alguém que efetivamente soubesse o que estava fazendo; depois pensou que poderia haver convulsões partindo dos seguidores do presidente; pensou na possibilidade de o exército finalmente tomar as rédeas do país; pensou na sua própria morte e também na sua elevação ao status de herói nacional e, por fim, pensou que o presidente poderia ser aclamado como herói nacional, que havia sido morto porque os poderosos não aceitavam que ele os combatesse.

Este último pensamento incomodou profundamente o Coronel. Ali ele teve a real dimensão de o quanto ele próprio havia mudado naqueles três meses em que buscava executar seu plano. Voltou a pensar no caminho que havia trilhado de 21 a 21, mas agora já não pensava em Kaiky, Carmem, Helena/Ceiça, Moacir/Geraldo, Joana, Georgiana, Tatiana e, principalmente, Andreia como pessoas aleatórias que serviram ao seu objetivo maior de executar seu plano. Passou a compreendê-las como pessoas nas suas complexidades, nas suas realidades variadas. Começou a dimensioná-las pelas variantes que antes para ele eram apenas pretextos de derrotados, de incompetentes, ou de pessoas mal resolvidas.

Pensou em Tatiana, um preta homossexual de classe média, filha de uma mulher branca, médica e relativamente bem-sucedida e o quanto que a sua cor de pele a afetava, mesmo que afetasse menos a ela do que a Kaiky, porque ele vivia na favela, ou que sua sexualidade não fosse tão determinante quanto era para Andreia, porque sua condição socioeconômica era, de alguma forma garantidora de sua liberdade, mas que ainda assim ela se via como excluída e por isso lutava contra o sistema.

Pensou em Ceiça e a sua trajetória, os maus tratos que sofreu enquanto lutava por algo que acreditava e o quanto manteve a esperança e a vicissitude mesmo diante das derrotas que sofrera ao longo do tempo de lutas por aquilo que acreditava ser uma sociedade mais justa.

Refletiu que essas pessoas acreditavam realmente no que estavam fazendo, não lutavam ou militavam por um projeto unicamente pessoal, pensavam realmente que podiam mudar a vida de todos para melhor, mesmo que isso seja completamente utópico e nada plausível.

Não eram e não são meros apaixonados por uma causa perdida, por uma ideologia que tiraria a liberdade de todos, ou inocentes úteis que servem aos interesses de alguns manipuladores. São pessoas reais que se juntam porque acreditam que precisam se defender ou atacar para não serem as vítimas que se somam aos montes na nossa sociedade. Fiam-se em uma convicção porque foi ela que lhes pareceu mais adequada para realizar a sociedade que pensavam ideal e com isso protegeram a si e a muitos outros, mas não foram capazes de realizá-la.

O pensamento de Alberto continuou correndo e discorrendo sobre as pessoas e chegou até a Maria Eduarda. A menina que era atleta e estudante e que nem teve a chance de se juntar ou ter uma convicção para se defender ou atacar. Tombou vítima de alguém que puxou o gatilho e de toda a sociedade que permitiu que as coisas chegassem a este ponto, inclusive ele.

Será que serei eu a puxar o gatilho que convulsionará ainda mais o Brasil? Ou pior, que elevará um medíocre a herói?

Este pensamento gerou uma onda de choque no corpo de Alberto, todos os músculos tremeram e o fizeram ficar de pé. Olhou para a tela do celular que mostrava que já eram dez e trinta e dois e ele percebeu que passou toda manhã em reflexões.

Levantou, fez sua higiene matinal, tomou uma xícara de café dessas máquinas de cápsulas, que havia comprado para não ter que fazer café apenas para um, e logo depois pegou o celular para ligar ao Kaiky, mas ao tomar o aparelho recebeu uma ligação. Era Georgiana, que o convidara para um lanche aquela tarde. Alberto assustou-se com a coincidência das ligações e convites de mãe e filha. Ficou ainda mais enredado em suas dúvidas diante daquilo que parecia ser um aviso ou algo assim. Mas recusou o convite e explicou que já tinha um compromisso, mas que ficaria feliz em marcar uma outra data.

Na sequência ligou para o sócio, relatou ao amigo a breve ligação de Tatiana e perguntou se ele iria ou se a situação da Little o impediria. Kaiky respondeu que o irmão ficaria na padaria e que ele iria de qualquer jeito. Os dois combinaram de almoçar no Museu da República e dali sair para encontrar com Tatiana e seu grupo.

Durante o almoço Alberto contou a Kaiky sobre suas reflexões sobre o dia seguinte da ação e também sobre a surpreendente ligação de Georgiana. O amigo que havia tentado demover o Coronel daquele projeto diversas vezes, o fez mais uma vez.

— Alberto, você tem uma vida, somos amigos e não deixaremos de ser. Você sabe que nós podemos morrer nesta ação e ainda tem isso que você falou. Vai que o cara vira e herói e você vilão!

— Tô pensando muito nisso, mas agora não posso mais recuar. Aquela garotada não pode achar que eu capitulei.

— Ninguém capitulou, aliás, nem sei o que significa isso. Só avaliamos bem a coisa. Eles vão entender e se não entenderem problema é deles.

— Mas a Tatiana, como ela vai ficar? O que ela vai pensar?

— Coronel, nós conhecemos essa menina outro dia, ela não tem que pensar nada e se pensar que fique com seus pensamentos e pronto.

— Não, Kaiky! Eu inventei isso, coloquei essas garotas e garotos na jogada e agora vou até fim.

— Você já tá falando igual a eles, usando feminino e masculino, daqui a pouco vai usar as palavras neutras.

Kaiky concluiu com uma boa risada para tentar descontrair, mas a tensão estava no ar e Alberto apenas sorriu e concordou com um aceno de cabeça, mas não esboçou resposta, nem mesmo à provocação.

Kaiky fez questão de pagar a conta, talvez como forma de agradecer o sucesso que alcançou com a ajuda do velho, e depois rumaram para Nova Iguaçu.

Chegaram na porta do prédio de Renata pouco antes das quatorze horas e Tatiana e Renata já o esperavam na porta do prédio. Pediram que os dois homens fossem para o banco de trás e Tati assumiu a direção. Dali foram para outro endereço desconhecido dos dois passageiros.

Chegaram em uma casa com aspecto decadente, uma fachada característica de construções populares dos anos 1950/60, com uma pequena varanda precedida de um arco. Entraram em uma pequena sala onde já estavam ao menos umas dez pessoas aglomeradas. Mesmo com todos de máscara, Alberto se sentiu bastante desconfortável.

Mal se posicionaram uma das mulheres começou a falar:

— O plano é o seguinte, no dia 7 de setembro o presidente vai estar no Rio para a comemoração da independência, esse irresponsável vai promover uma aglomeração fazendo uma parada militar.

Disse ela sem perceber a contradição sobre a aglomeração. Continuou:

— Nós vamos nos infiltrar na parada e executar o plano. Estaremos quase todos com trajes militares no meio da parada, mas o Índio e a Castel vão estar com um grupo na Moncorvo Filho, em frente a Faculdade de Direito, assim que o alvo subir no palco eles vão vir com um grupo fazendo um protesto, quando as atenções tiverem voltadas para ele o Príncipe, que atira melhor aqui, executa e aí todos nós damos cobertura.

Ficou claro para Alberto que os nomes eram pseudônimos, mas não deu para deixar de associar com o assassinato do arquiduque quando ouviu que o Príncipe daria o tiro.

Mas o plano ainda não tinha acabado de ser delineado quando esses pensamentos pulularam a cabeça do Coronel e a líder continuou:

— O Velho e o Sócio ficarão nos carros de fuga em frente ao terminal rodoviário da Central.

Quando o coronel ouviu os pseudônimos desrespeitosos que lhes foram atribuídos fez menção de protestar, mas preferiu apenas questionar o plano.

— A questão é a seguinte, por melhor que o Príncipe seja com uma arma, nós não podemos correr o risco de um erro de um tiro de média distância e o único que tem condições de chegar perto do presidente o suficiente para não errar sou eu. Ele me conhece, já autorizou que chegasse até ele uma vez e isso pode acontecer de novo. Além disso, eu coloquei vocês nisso e não quero que ninguém corra o risco de morte no meu lugar.

Por uns segundos o silêncio tomou conta da sala. Muitos olhares se cruzaram, até que a líder assumiu novamente a palavra.

— Não sabemos se o senhor terá a coragem de executar o plano...

— Fui eu que criei o plano...

— Mas nos procurou.

— Sim! Preciso de ajuda para executar, não serei um coadjuvante.

A forma ríspida da fala do Coronel trouxe novo momento de silêncio, quebrado por ele mesmo:

— Acho o plano em si muito bom, concordo com a data, seria simbólica, uma nova independência, mas eu executarei o alvo com proximidade necessária para não haver erros. Além do que, ninguém questionará o fato de eu estar armado.

Houve um pedido para que Alberto e Kaiky saísse da casa. Os dois então foram para a pequena varanda de onde ouviam apenas o burburinho que vinha do interior da casa.

Depois de alguns minutos retornaram e receberam a notícia de que a proposta de Alberto tinha sido aceita, mas que teriam outros atiradores para o caso de o Coronel falhasse e que Kaiky seria um dos pilotos de fuga.

Com a concordância de todos houve um momento de euforia. Palmas e gritos podiam ser ouvidos por quem passava na rua. Mas o Coronel manteve-se circunspecto e voltou a pensar nas consequências do ato. Pensou no heroísmo que poderia ser atribuído ao seu inimigo e mais uma vez titubeou quanto seguir em frente com o plano.

Kaiky o olhava como se soubesse o que o amigo estivesse a pensar e gentilmente tocou o ombro de Alberto, sinalizando que o apoiaria em qualquer decisão que tomasse. O velho percebeu a intenção, olhou e sorriu complacente, mas fez um sinal com as mãos que indicava que continuava firme no plano e que não recuaria.

A reunião acabou e o Coronel, Kaiky, Tatiana e Renata retornaram ao apartamento da namorada de Tati, mas no caminho ocorreu uma pergunta que surpreendeu as duas companheiras, Alberto perguntou por Andreia, queria saber como ela estava no novo emprego.

Demonstrando surpresa Tatiana respondeu que nos primeiros dias de trabalho ela se adaptou muito bem e que os outros trabalhadores da loja a receberam respeitosamente, mas que para pessoas trans é sempre um dia de cada vez, tem sempre que conquistar seus espaços.

No desenrolar da conversa, o coronel, surpreendeu ainda mais, e disse que a próxima vaga que abrisse na Little Bakery seria preenchida por uma pessoa transsexual. Tatiana e Renata não esconderam a alegria de ouvir aquelas palavras e Kaiky ficou incomodado com a decisão do sócio, mas não ousou desmenti-lo ali na frente de todos. Mas sutilmente olhou para o sócio que o ignorou solenemente, pois, já imaginava a reação negativa.

As duas namoradas ficaram no prédio e Alberto imaginou que ainda pudesse dar tempo de tomar o café com a Georgiana. Ligou para a amiga e sem qualquer cerimonia disse que o compromisso que tinha era em Nova Iguaçu e já tinha finalizado, se ela ainda quisesse tomar aquele café... Georgiana ficou feliz com a ideia, mas falou que teriam que ir algum café da cidade, pois, não havia preparado nada. Alberto concordou e a avisou que estava com o sócio. Georgiana sugeriu no Cherin Bão, na Rua Comendador Soares com a Estrada de Madureira. Os sócios marcaram o endereço no aplicativo de geolocalização e foram.

Chegaram primeiro, sentaram à mesa e quando a mulher chegou. Alberto se antecipou para recebê-la e cordialmente apresentá-la a Kaiky, que ficou ainda mais confuso com a pretitude de Tatiana, chegou a imaginar que fosse adotada, mas no decorrer da conversa descobriu que o pai de Tatiana era preto e que era um músico que ele conhecia, já que quando mais novo participou de um projeto social onde aprendeu a tocar instrumentos e era justamente o pai de Tatiana que encabeçava o projeto.

O papo passava por muitas amenidades, curiosidade de Georgiana sobre como os amigos viraram sócios, perguntas de Alberto sobre Ceiça e Geraldo, mas em meio a estas conversas amistosas, Georgiana quis saber o que levava os dois a Nova Iguaçu. Kaiky olhou tenso para Alberto, que manteve a tranquilidade e disse que eram apenas negócios, que vieram se reunir com um possível fornecedor, mas que o negócio não deu certo.

Georgiana, parecendo que sabia algo, perguntou quem era o fornecedor, pois, ela conhecia muita gente na cidade e poderia ajudar. O Coronel neste momento ficou tenso, porque sabia que a mentira poderia ser flagrada, mas manteve a pose inventou um nome, disse que na verdade suspeitou que poderia ser um golpe ou uma furada e que foram eles mesmos que desistiram.

Georgiana deu-se por vencida, mas deixou no ar a sua desconfiança de forma bem clara afirmando:

— Vocês estão me escondendo alguma coisa, mas vamos ao café.

Ali continuaram na conversa por mais uma hora, mais ou menos, e depois os sócios retornaram ao Catete.

No caminho de volta, Kaiky fez dois comentários: o primeiro sobre a beleza de Georgiana e a consequente beleza de Tatiana; e o segundo dizendo: que o Coronel deveria desistir do plano porque ele já sabia quais seriam as consequências e que ele não confiava muito naquele pessoal que Tatiana apresentou. Ao primeiro comentário Alberto respondeu com um sorriso de concordância e uma frase que soaria estranha em sua boca há alguns meses, completando a observação de Kaiky dizendo "que eram mulheres inteligentes, aguerridas, com fortes convicções e também eram bonitas, como você observou". Ao segundo comentário, Alberto não disse qualquer palavra ou fez qualquer gesto, apenas continuou contemplativo olhado o caminho a sua frente.

Kaiky ainda insistiu, mas logo percebeu que o amigo não iria expressar qualquer reação e então desistiu da conversa.

O DIA DA INDEPENDÊNCIA

O país via o raiar do dia em que comemorava o seu centésimo nonagésimo nono aniversário de independência, mas o clima não era de festa como se poderia supor. Os excluídos ainda mais excluídos do processo de desenvolvimento econômico, que continuava a pautar-se pelos privilégios àqueles que já contavam com recursos parecia ser a marca do dia. No máximo ocorreriam pelo país o "Grito dos Excluídos" que sempre conta com a organização do Movimento Sem Terra, de associações de povos originários e alguns poucos sindicatos que não sucumbiram às suas próprias desorganizações.

Mas Alberto estava já pronto antes do raiar do dia. Na sua visão emparedada por muitos prédios e um pequeno ângulo de alcance às árvores do Aterro, via surgir a sua direita os primeiros raios de sol que vinham da direção da Baia da Guanabara, que ele apenas imaginava brilhante e espelhando o amarelo das luzes matutinas. Ali na janela, a mesma que o fez sair de casa naquele vinte e um de maio, pensava o quão intenso foram aqueles pouco mais de três meses e pensava no que ia fazer naquele dia. Tinha muitas dúvidas se aquilo era certo ou não, mas estava firme no propósito de fazer, porque não podia trair a confiança que nele depositaram.

Acordara pronto para o combate e mesmo ainda de pijamas curtos, dado o calor do Rio de Janeiro em setembro, parecia trajar seu fardamento de combate e foi atrás dele que foi até o quarto que era de Marco e que naquela altura, salvo a cama e a escrivaninha que pertencera ao filho, era mais um depósito de lembranças.

Alberto imaginou que não seria estranho vestir o fardamento no dia 7 de setembro, afinal muitos militares e até alguns não militares entusiasmados com o autoritarismo da hierarquia militar, mesmo sem tê-la vivido, estariam em trajes camuflados pelas ruas e transporte públicos na cidade. Imaginou também que seria mais fácil se aproximar do alvo com aquela vestimenta e as estrelas que ela carregava.

Tinha combinado às 7:00 da manhã com Kaiky, para que pudessem se posicionar sem problemas e ter o carro parado em uma vaga regular no local da fuga. Não contavam com as inúmeras barreiras militares que encontrariam próximo a Central do Brasil. O esquema de segurança para receber o presidente era o maior já visto. A iminência de um discurso bombástico e o risco de convulsionamento colocou as forças de segurança todas em alerta, mas por ser uma área eminentemente militar, o exército tinha assumido o comando das operações, que reunia ainda o GSI, a Polícia Federal, a Polícia Rodoviária Federal e a Polícia Militar do Estado como força de apoio.

Ao tentar acessar o local onde o carro ficaria parado, ali próximo ao terminal rodoviário Américo Fontenelle, atrás da Central do Brasil, o Coronel e seu amigo e piloto de fuga viram o primeiro obstáculo ao plano perfeito. Mesmo as estrelas e o título de coronel não foram suficientes para permitirem o acesso. Aquela saída estava definitivamente inviabilizada. Os dois resolveram circular o Campo de Santana na esperança de poder parar ali próximo da Faculdade de Direito, mas o senso estratégico de Alberto percebeu claramente que não haveria fuga por ali, já que a Presidente Vargas estaria fechada ao trânsito.

A alternativa foi parar na rua Carlos Sampaio, uma faixa estreita que cruza com a Frei Caneca, rota de fuga que os levaria a Tijuca ou mesmo ao Túnel Santa Bárbara. Não seria fácil parar ali sem chamar atenção. É uma rua que em feriados tem pouca movimentação e o policiamento estava intenso em toda a região.

O coronel, já reconhecedor das estruturas racistas da sociedade e da atuação de alguns policiais, como ele mesmo testemunhou, sugeriu que Kaiky não ficasse no carro e só se aproximasse do veículo quando estivesse no horário marcado.

O plano não tinha uma precisão de horário porque dependia de inúmeros fatores que fugiam ao controle do grupo, mas sabiam que a parada militar ocorreria a partir das 9:00 e que se encerraria às 11:00. Por mera suposição compreenderam que o presidente assistiria todo o evento, então somente quando descesse do palanque, quando fatalmente ficaria mais exposto por cumprimentar algumas pessoas é que o plano seria posto em prática. O grupo de Tatiana iria vir do Campo de Santana em manifestação para chamar atenção das forças de segurança e o Coronel estaria próximo ao palanque para cumprir sua missão.

Com o carro devidamente estacionado em um ponto estratégico, ou quase isso, e com todo plano repassado entre os dois sócios, Alberto se encaminhou para o palanque e este era o momento mais complicado de todo o plano, pois, não havia qualquer garantia que o uniforme com as estrelas e nem mesmo o antigo laço com o presidente assegurasse que o herói do dia pudesse estar na área destinada às autoridades, perto o suficiente para executar o plano.

O percurso passando pelas calçadas do Campo de Santana, depois atravessando as pistas da Presidente Vargas, que estava completamente bloqueada, e chegando, finalmente na entrada do bloqueio estabelecido pelos militares para o acesso de pessoas foi longo e contemplativo. Alberto não parou de se perguntar se estava fazendo o correto e não conseguia esquecer a imagem de Gavrilo Princip e as consequências que o assassinato do Arquiduque Francisco Ferdinando trouxe ao mundo.

Ele caminhava e nem percebia o calçamento passar por baixo dos seus pés, não percebeu nem mesmo a família de cotias que estava bem próxima do gradil da praça do Campo de Santana. Estava realmente absorto pelos pensamentos e tomado pela dúvida diante de tamanha responsabilidade com seus novos companheiros, com o futuro do país e com sua convicção da responsabilidade daquele ser na morte de sua amada Ana.

Pela primeira vez naquele louco dia as estrelas do uniforme de gala facilitaram o seu caminhar. Os praças que estavam na contenção das barreiras de passagem restrita, não tiveram a coragem de confrontar o coronel como o fizeram seus colegas que não permitiram que estacionasse o carro momentos antes. Alberto passou pela barreira, se encaminhou em direção a portaria do Comando do Exército, mas não entrou no prédio.

Chegou até a cumprimentar alguns colegas de farda que por ali estavam, todos da reserva e com uma coisa em comum, estavam ansiosos para reviver os tempos em que tinham grande poder no país e acreditavam piamente que este momento estava chegando. Acreditavam que aquele presidente saído de suas fileiras, apesar de suas indisciplinas nos tempos da caserna, restituiria os militares ao comando das decisões do país, permitindo que o "comunismo" fosse expulso de vez do país.

A cada conversa com seus ex-companheiros, o Coronel, que concordava com tudo com pequenos acenos de cabeça ou sorrisos condescendentes, sugeria mentalmente a todos a realizar o percurso que ele próprio realizou nos últimos meses para que pudessem compreender que aquela, para usar uma palavra da moda, BOLHA em que viviam estava muito distante da realidade existencial da maioria dos brasileiros. E a cada conversa ficava mais convencido que fizera a escolha correta e que tinha que cumprir sua missão para evitar que o país caminhasse em definitivo para outro regime de exceção, que por força do hábito ele ainda chamava de revolução.

De conversa em conversa e cada vez mais tenso e ansioso, Alberto, vestido de coronel, avançava para se posicionar próximo do palanque onde ficariam todas as autoridades civis e militares presentes, inclusive seu alvo. O palanque estava montado em frente ao prédio que da sede a Escola de Formação Paulo Freire parte da estrutura da Secretaria Municipal de Educação do Rio de Janeiro. Alberto nunca tinha notado a proximidade entre os militares e Paulo Freire, em uma coincidência que até parecia proposital, uma pequena provocação aos que em tempos outros expulsaram do Brasil o educador que é referência mundial.

Ali naquele local a segurança era maior e os praças, que faziam a verificação das identidades, estavam sempre ladeados por um oficial Major ou Coronel, exatamente para não ficarem melindrados ao barrar um oficial de alta patente. Ali também as grades divisórias formavam um corredor por onde só passariam as autoridades. Alberto posicionou-se próximo às grades, mas não tentou entrar, até porque não precisava. Só necessitava encontrar a melhor posição para fazer mira e cumprir seu objetivo.

Do ponto onde estava pode avistar atiradores de elite sobre os prédios do entorno e um deles estava exatamente acima de sua cabeça, no alto do prédio da Escola Paulo Freire. O prédio não é alto, mas a proximidade do palanque era estratégica para uma ação defensiva se fosse necessário. Ao perceber a triangulação dos atiradores visíveis, o Coronel procurou se posicionar próximo a um banner que homenageava os 199 anos de independência do Brasil. Acreditava que ali ficaria invisível às lunetas das carabinas dos atiradores.

O início da parada se aproximava e Alberto não conseguia parar de pensar nas consequências de seu ato. Uma das consequências que certamente ocorreria seria a morte do próprio coronel. Ele nunca tinha falado sobre isso com Kayky ou com Tatiana, mas no seu íntimo sabia que não sairia dali vivo, só queria concluir a missão antes de ser alvejado. Mas de repente se lembrou que não se despediu de Marco Aurélio ou dos netos que pouco falavam português. Pensou em Kayky, que talvez estivesse esperançoso que o sócio sairia incólume daquela batalha. Pensou em Georgiana e como a tinha amparado naquele dia há décadas.

Esses pensamentos fizeram com que, novamente, Alberto colocasse em dúvida se deveria ou não executar seu plano. Mas ele não teria muito mais tempo para refletir. Começou um grande rebuliço na sua frente. Percebeu que as autoridades começaram a chegar. Percebeu a chegada do governador, de alguns generais, alguns civis que não reconheceu de pronto, todos passaram pelos praças responsáveis pela identificação e o Coronel pode perceber que o ponto onde se encontrava era ideal para executar o plano, dali até a grade eram cinco ou seis passos e, por causa de alguns obstáculos, ninguém estava a sua frente. Pensou que poderia acertar o tiro dali mesmo, mas por garantia iria andar até ficar bem próximo e não correr riscos.

Enquanto estava ali confabulando com seus próprios pensamentos, um militar se aproximou e cumprimentou o Coronel.

De imediato levou um susto e temeu ter entregado suas intensões. Mas o contato era amistoso. Um major da ativa que veio falar com o Coronel por mero elo de caserna. O major estava no comando da identificação das autoridades, era da Inteligência do Exército e puxou assunto com Alberto.

— Bom dia coronel! Assustei ao senhor? Desculpe!

— Não, meu filho... é que estava um pouco distraído.

— Mais uma vez desculpe. O senhor vai participar da parada?

— Não! Vim prestar homenagem apenas e encontrar alguns velhos amigos.

— O senhor não é daqueles que acham que é melhor voltar o regime, né?

— Regime? ... Ah tá! Não, não.

— Isso é loucura, coronel. Desculpe, mas seus companheiros da reserva estão brincando com fogo. Vocês não sabem do que esse homem é capaz. A gente, na inteligência, sabe de cada coisa... Não quero que os comunistas voltem, não. Mas fico com o pé atrás com esse daí.

— Servi com ele e o conheço bem.

A frase suou dúbia ao major, que ficou sem saber se tinha ultrapassado o limite com suas palavras e se arriscado, ou se tinha encontrado ali eco para suas preocupações como militar da ativa. De toda forma, entendeu que era melhor não estender a conversa, alegou que precisava ir até o posto de reconhecimento e se despediu do Coronel com uma continência.

Alberto ficou um tanto aliviado. Embora não tivesse a intenção de assustar o major, acabou por achar acertada sua fala dúbia, até porque nem ele mesmo sabia quais eram as intensões do militar com aquela conversa, principalmente por se tratar de alguém da Inteligência.

Alberto voltou às suas reflexões, quando novamente aumentou o burburinho. Dessa vez era o presidente que chegava com os comandantes das forças e o Ministro da Defesa, que Alberto também conhecia dos tempos na ativa. Era a primeira chance de o Coronel executar o plano. Poderia fazer sozinho, sem colocar mais ninguém em risco, já que o seu destino estava mesmo selado. Chegou a colocar a mão na pistola, mas neste momento os olhares do Presidente e do Ministro da Defesa cruzaram com o seu, os dois acenaram e o Coronel perdeu o elemento surpresa. Retribuiu o aceno e se recusou a ir até aos dois com um gesto gentil, mas categórico.

Naquele instante o Coronel pensou que teria posto todo o planejamento a perder e pensou em abortar a ação. Temeu que o fato de ter sido reconhecido pelas duas autoridades colocasse todas as pessoas em risco. No entanto, mesmo tomado pela dúvida, o Coronel resolveu manter a posição, mas usou o aplicativo de mensagens para dar a senha de abortar.

Mal tinha enviado a mensagem, uma outra palavra chegou pelo aplicativo. O Coronel não lembrava daquela palavra no rol de senhas que haviam combinado e entendeu que poderia ser uma falha ou alguém interessado em saber o motivo. Mas ali protegido da visão dos atiradores e pela sombra do banner, o Coronel não deu muita importância para aquela mensagem.

O que o Coronel não sabia é que a mensagem era uma contraordem que determinava manter o plano e que somente algumas poucas pessoas do grupo sabia do que se tratava. Existia uma desconfiança de que Alberto não realizaria a ação. Mas o que o grupo não sabia era que o Coronel tinha mantido a posição para executar o plano, mas percebendo que fora reconhecido, não queria colocar mais ninguém em risco.

O desfile militar transcorria com normalidade, mas diferente de outros anos, o público que assistia era mais homogêneo na sua vestimenta e nos coros com palavras de ordem que entoavam, aliás isso também uma novidade. Alberto olhava por baixo do palanque e do outro lado só avistava pessoas, em sua grande maioria brancas, com as cores do país. Mesmo de onde estava era audível os gritos que exaltavam o presidente e os pedidos pela ação dos militares.

O Coronel viu a passagem das tropas, viu a Esquadrilha da Fumaça cortar o céu e já no fim da parada viu os anfíbios da Marinha e força blindada do Exército e naquele momento percebeu que chegava a hora de executar o seu plano. Iria matar o presidente em pleno 7 de setembro e causar uma convulsão no país, mas certamente não estaria aqui para ver as consequências do seu ato, assim como Gravillo Princip não viveu os horrores da I Guerra Mundial e a consequente II Guerra Mundial.

Naquele momento crucial ponderou que a morte do presidente poderia abrir uma porta de perseguições aos seus companheiros e a toda sorte de gente que não comungava das convicções dos que se encastelassem no poder. Lembrou que o vice-presidente era um General, o que colocaria de vez os militares no poder novamente, com consequências intangíveis ou imprevisíveis.

Naquele momento Alberto tomara a decisão de abortar a missão que se havia atribuído. Pensou que a queda de popularidade do governo pelos próprios erros cometidos já seria suficiente como castigo à arrogância e a mitomania presidencial. E foi nesse momento que o desfile militar se encerrou e presidente já descia do palanque, que ao sair da sua posição o Coronel percebeu que do outro lado da rua ouvia-se gritos e barulhos de bomba, logo imaginou que seus companheiros não haviam entendido a mensagem.

Ameaçou correr naquela direção para proteger Tatiana, quando percebeu uma movimentação rápida de um uniforme militar com um rosto conhecido, lembrou dele de uma das reuniões que fez com o grupo e rapidamente entendeu o que estava acontecendo. De forma muito rápida, algo incomum para alguém da sua idade se postou a frente daquela personagem e provocou uma queda dupla e já no chão falou: – Se matar ele quem assume é um general do Exército, pense nas consequências.

Aparentemente o oponente se convenceu do argumento e, de todo modo, a oportunidade do ataque já havia passado. Os dois então se levantaram, fingiram um pedido mútuo de desculpas e foram na direção dos conflitos com celulares em punho mandando que recuassem.

O saldo foram dois companheiros presos e três dias de aparições dos protestos do 7 de setembro nos jornais. A emissora de maior audiência deu um destaque neutro aos protestos. Afirmavam que manifestantes faziam críticas ao governo pelas suas ações diante da epidemia que ainda vitimava centenas todos os dias, as outras emissoras chamaram os protestos de antipatriotas e os manifestantes de vândalos.

Passados esses dias, que coincidiram com o aparente recuo do presidente em suas bravatas golpistas, o grupo voltou a se reunir, desta vez na casa do próprio Coronel. Seu Antônio ficou extremamente surpreso com a diversidade de pessoas que chegavam à casa do Coronel. Alguns outros moradores até ensaiaram uma reclamação preconceituosa, mas o porteiro deu de ombros, pois, sua felicidade em ver aquela gente que poderia ser sua vizinha entrar naquele prédio pela porta da frente e para visitar um Coronel o deixava em êxtase.

A reunião serviu para que Alberto se explicasse e justificasse sua inação. Todos parecem ter entendido e concordado, alguns ainda contra-argumentaram, mas no fim o grupo saiu dali coeso e com o propósito de realizar novas ações de protestos contra as políticas sanitárias, culturais e econômicas daquele governo. O Coronel se integrou em definitivo no MI, Movimento Independência, como o grupo passou a se chamar.

Mesmo participando de todas as ações do MI e tocando a padaria com Kayky, onde estabeleceram uma série de ações de cunho social junto à comunidade da Tavares Bastos, Alberto estava mesmo ansioso era para que houvesse a liberação do trânsito aéreo entre o Brasil e França. Assim que pode viajou para a capital francesa onde passou um mês com o filho, a nora e os netos e onde pode mostrar a Marco Aurélio todas as mudanças por qual tinha passado, além de contar todas as histórias que envolviam aqueles loucos meses desde que resolveu matar o presidente. Marco Aurélio não conseguia acreditar no que ouvia, mas ficara impressionado com a vitalidade de seu pai e com as novas ideias que trazia.